パシられ陰キャが実は最強だった件

マリパラ
イラスト：ふーみ
キャラクター原案・漫画：六井調

ノン
キュウ
デン
「おい！　アキラ！　テメー、ナメてんのか!?
俺はジャンピングを買ってこいって言ったんだよ！
なのに、テメーが買ってきたのは何だ!?」
臼井アキラ

「ねぇ、三バカトリオ！　臼井くんをパシリにするの、もう止めたら？」
私の視線の先には、ヤンキーが三人と大人しそうな男子が一人。
その大人しそうな男子を、ヤンキーの一人が恫喝している。
大槻シズカ

臼井くんはこちらを見て、優しく微笑んでいた。
「良かった……
委員長に当たらなくて」

臼井くんのその顔を見た瞬間、ぎゅううっと胸が
締め付けられるような感覚に襲われた。

「――臼井くん!!」

黒松の手から、スタンガンが落ちる。
だがまだ黒松は倒れない。踏みとどまった黒松は、
ポケットから短い棒を取り出した。
……が、黒松はビクッとして動きを止めた。

「これがお前の本気か？」

臼井くんが低い声で言った。
黒松の額から汗が流れる。
棒を振り上げたまま、
黒松は身動きが取れなくなっていた。

パシられ陰キャが実は最強だった件

About how a gloomy man who is used as an errand boy is actually the strongest.

CONTENTS

パシられ陰キャが
実は最強だった件

マリパラ

MF文庫J

口絵・本文イラスト●ふーみ
漫画●六井調

第一章　パシられ陰キャが、たしなんでいた件

クラスメイトの臼井アキラくんは、ヤンキーにパシられている。


「おい！　アキラ！　テメー、ナメてんのか!?」

二年B組にヤンキーの怒鳴り声が響いた。人を怖がらせるには十分な、大きな声。

これには私――大槻シズカは、手に持っていたシャーペンを思わず落としそうになった。

――またか……。

私は声の発生源に目を向ける。

五月の麗らかな陽気で少々眠かったのに、一瞬で眠気が吹き飛んだ。

私の視線の先には、ヤンキーが三人と大人しそうな男子が一人。その大人しそうな男子を、ヤンキーの一人が恫喝している。

四月のクラス替えからずっと私の頭を悩ませていることが、また、起きていた。

「俺はジャンピングを買ってこいって言ったんだよ！　なのに、テメーが買ってきたのは何だ!?」

『D』の字の入った黒いマスクをしているヤンキーが怒鳴る。そして片手に持ったマンガ雑誌を、もう片方の手で乱暴にバシバシと叩いた。

不機嫌そうな彼の名前は、虎石デンという。

すると、デンくんに怒鳴られている大人しそうな男子が、眠そうな顔で雑誌の表題を読み上げた。

「週刊ヤンキージャンピング……?」

顔も眠そうだが、声ものんびりとしていて眠そうだった。

彼は、臼井アキラくん。いつもクラスのヤンキー三人組にパシられている男子だ。

こんなに怒られているにもかかわらず、臼井くんはいつものぼんやり顔のまま。私ならビビってしまいそうだが、臼井くんにそんな様子はない。

しかしそれが、さらにデンくんを怒らせることになった。

デンくんが臼井くんの頭を雑誌でスパーンと叩く。

「ジャンピングって言ったら、週刊ボーイジャンピングだろうが！　異論は認めねぇぞ！まったく、テメーはまともにお使いもできねーのか!?」

自分の伝え方が悪かったせいで臼井くんは間違えたのだろうに、なんて理不尽な怒りだろうか。

なのに、臼井くんは小さな声ですぐに「ごめん……」と謝った。

デンくんに一方的に怒られている臼井くんは、怒りも悲しみも見せない。

じっと動かず騒がず、デンくんに言われるがまま、されるがまま。

——あぁもう、どうしよう……助けに行ったほうがいいよね。

私は自分の席でオロオロしていた。

他にデンくんを止めようとする人はいない。むしろ他のクラスメイトはみな、触らぬ神に祟りなしと、見て見ぬ振りをしている。

デンくんの近くにあと二人ヤンキーがいるが、その二人もデンくんの横暴には触れない。

それどころか、そんなことはどうでもいいとばかりに、スマホを弄っていたキュウくんが唐突に言った。

「なーそれよりさー喉渇かないかー？」

彼の本名は、小渕キュウタロウ。後頭部に『Q』の字が入った黒いキャップを、後ろ向きに被っている。

「あ、俺もなんだな」

キュウくんのスマホ画面を覗き込んでいたノンくんが、片手を挙げて賛同した。

彼の本名は三宅ノンタ。ピンクのモヒカン頭のぽっちゃり男子。頭に剃りこみで『N』の字が入っている。

つまりこのヤンキー三人組が一緒にいると、『D』『Q』『N』の文字が揃う。

偶然なんだろうけど、三人合わせて『DQN』になるとはいかがなものか。……まぁ彼らは素行の悪いヤンキーだからお似合いなのかもしれないけど。

「おうアキラ、なんか買ってこいや！」

デンくんが臼井くんに命じた。

——またパシリにする気ね！　でも、そうはさせない！

また臼井くんを使い走りにしようとするデンくんたちを見て、私は我慢の限界を迎えた。席を立ち、ツカツカとデンくんに歩み寄る。

「ねぇ、三バカトリオ！　臼井くんをパシリにするの、もう止めたら？」

咎めるように言うと、デンくんがジロッと私を睨んだ。

思わず、ウッと引きそうになる。

ちょっとビビっている自分が悔しい……。

『三バカトリオ』とは、ウチの学年で最も成績が悪く、素行も悪いこのヤンキー三人組のことを指す。誰かがそう呼び出して、その呼び名が学年全体に浸透した。いつも三人一緒にいるから、まとめて呼ぶのに便利だ。

彼らは学校内で大きな問題は起こさないものの、学校外では他校のヤンキー相手に派手な喧嘩をしているらしい。だからだろうか……この威圧感、同じ高校二年生のものとは思えない。

私は負けじとデンくんを睨み返すが、握った手の中は汗で湿っていた。

バカでも相手はＤＱＮだし、喧嘩もそこそこ強いみたいだし、何されるか分からないし、武術の心得がないどころか運動神経ゼロの女子高生にとっては脅威でしかない。

――しかしそれでも……私には引けない理由がある。

「なんか文句あんのかよ?」

「あるよ！　学級委員長として、クラスメイトにパシリを強要している姿を見過ごすことはできません！」

そう、私はこのクラスの学級委員長だ。

私の学級委員長歴は今年で十年目。……小学二年生の時に初めて学級委員長になってからずっと学級委員長で、今年も『学級委員長と言えば大槻（おおつき）さんでしょ?』なんて軽いノリで学級委員長に任命された。

だから、悪さをする男子に注意するのにも慣れている。

けれど……やはりヤンキーはちょっと怖い。

「はいはい。正義の味方気取りお疲れ様。学級委員長は大変ですねー。クラスでトラブルが起きないように目を光らせてなくちゃいけないし、クラスのヤンキーが陰キャをパシリにしてたら、注意しなくちゃいけないんですもんねー」

デンくんが鼻で笑って言い、キュウくんとノンくんがゲラゲラ笑った。

笑われて、ムッとした。が、デンくんはそんな私の表情にお構いなし。

その上、わざとらしい困った顔をしてこう言った。

「でも、いつアキラが俺たちに強要されてるって言いましたー？」

「そ、それは……」

私はちょっと困惑しながら臼井くんを見た。

臼井くんは、黙って私とデンくんのやり取りを眺めている。ボーッとしていて、何を考えているか分からない顔で、だ。

しかし臼井くんがこんな顔をしているのは、今に限ったことではない。

臼井くんの顔には、いつも感情がない。怒っている顔も、悲しんでいる顔も、笑っている顔も見たことがない。いつも、波一つ立っていない水面のように静かな表情をしているのだ。

その水面の下がどうなっているのか分からなくて、私はいつも不安になる。

だってヤンキーからこんな扱いを受けていて、何も心に感じていないはずがない。きっと本当は怖くて震えているだろう。逆らったら何されるか分からないから、感情を押し殺しているのだろう。本当は泣いて、今すぐ家に帰りたいんじゃないだろうか……。

「おいこら！　ボサッとしてねーで、飲み物買ってこいよ！」

ボーッとこちらを見ていた臼井くんに、再びデンくんが命じた。

臼井くんがゆっくり瞬きをして、口を開いた。

「あ、うん……デンくんは、イチゴミルクで良い？」

デンくんが、不敵に笑う。

「へっ！　分かってんじゃねーか！」

するとキュウくんが「俺、アクエリー」と言い、ノンくんが「俺はCレモだな」と言った。

「ちょっと三バカトリオ！　臼井くんが何も言わなくても、人をパシリにしていいはずがないでしょ⁉」

私を無視して臼井くんをこき使おうとする三バカトリオ。しつこく注意するが、彼らが聞く耳を持つ様子はない。

――あぁなんでこの三人を、先生は同じクラスにしちゃったのかな……。三バカトリオは全員バラバラのクラスにするべきでしょうに！

このひと月ちょっと、ずっとこんな調子でいる彼らのせいで頭が痛い。

――そういえばこの三人、短気なくせに、呼び方に『バカ』って入っていることに関しては怒らないのよね……。三バカトリオって呼ばれるのが気に入っているのかな？　それから、『三』と『トリオ』の意味が被(かぶ)っていることには気づいているのかな？

段々変なところまで気になって、余計に頭が痛くなる。

するとその時、臼井くんが私に言った。

「委員長……俺のことは気にしないでいいよ。じゃあ、俺は飲み物を買ってくるから」

「え⁉　でも、あと五分で朝のホームルームが始まるよ⁉」

「急げば、間に合うよ」

「あ、臼井くん！　ちょっと！」

私の制止も聞かずに、臼井くんは教室を出ていってしまう。

「ほーら、アキラは本当に気が利いて、便利な奴なんだよ」

従順な臼井くんを見て、デンくんが満足そうに言った。

便利という言い方に腹が立つ。やはり、対等なクラスメイトとして見てない。

「ねぇ、お金はどうしているの？」

私は一番気になっている質問をデンくんに投げかけた。

「あ？」

「いつも飲み物やら昼食やらを買いに行かせているけど、ちゃんとお金は払っているのか聞いているの！　お金払ってないって言うなら……」

――ダァンッ！

お腹に響くような音が響いて、体がビクッと飛び跳ねた。

私の言葉を遮るように、拳を机に叩きつけたデンくん。

同級生とは思えない迫力で睨まれて、言葉が途切れた。

「金払ってねーならなんだ？　先生に言いつけるってか？　まぁそれでも良いけどよ、余計なお節介ばっかして、怖い目に遭っても知らねーからな？　学級委員長だからってイキってんじゃねーよ」

——余計なお節介？　イキってる？

恐怖とは別に精神的ショックを受けて、頭がクラッとした。

私のしていることは、そんなに間違っているのか。

何も言えない。

言葉が見つからない。

コミュニケーションが取れなくて頭が痛い……。

ちょっと気が遠くなりかけていた時、ポンと肩を叩かれた。

「おはよーシズカ。何してんの？」

「あ……ヒロミ」

私の遠くなりかけた意識を引き戻してくれたのは、私より背の高い、金髪の女の子だった。

耳で青いピアスが光る彼女の名前は、荒木（あらき）ヒロミという。

ヤンキー感のあるヒロミは、三バカトリオを見ても怖がっている様子がない。一歩も引かないし、むしろその眼力で威圧しようとさえしているようだ。

「あたしのシズカに、何か用か？」

ヒロミの声は、さっき私に話しかけた時よりずっと低く、冷たい。

攻撃的な響きを受けて、デンくんの人相もますます悪くなる。

「テメーこそ、人のクラスに何の用だ？　テメーのクラスは隣だろうが。さっさと帰れよ。ホームルームが始まるぞ？」

ヒロミとデンくんが、睨み合ってバチバチと火花を散らした。

私の知っている限り、ヒロミはうちの学校で三バカトリオに対抗できる唯一の女子。

――そして、私のたった一人の親友だ。

「シズカに朝の挨拶しにきただけだよ」

面倒くさそうに、ヒロミがデンくんに答えた。

でも次の瞬間、私に向かって明るい調子で聞く。

「そんで？　こいつらと何かあったのか？　何かされたんなら、あたしが代わりにぶっ飛ばそうか？」

私を見るヒロミの表情は優しい。が、構えた拳は固く握られている。

それを見て、私は慌ててヒロミを止めた。

「え!?　いや、大丈夫！」

「そう？　本当に大丈夫なのか？」

「本当に、本当に大丈夫！　ちょっとヒロミ、こっちに来て！」

ヒロミをグイグイ押して、三バカトリオから離れる。

デンくんが舌打ちしたのが聞こえたが、それ以上は何もされなくてホッとした。

私はそのままヒロミを押し続け、廊下まで移動する。ここまで来れば、ヒロミがデンくんたちを殴る心配はないだろう。

「おいおいどうした？」

ヒロミが体の向きを変えて、私を見た。

心許せる友を前に、緊張が解ける。

そして同時に、鬱憤が爆発した。

「ねぇ聞いてよ！　私、別に学級委員長だからってイキってるつもりないんだよ⁉」

「は？　何？」

「私は別に、学級委員長であることを自慢に思っていないし！　学級委員長なんてただの雑用ポジションだし、私は人が嫌がることを率先してやれるってだけだし！　それなのに、クラスメイトからウザがられることもあるし、みんなが私を委員長とばかり呼ぶから、本名を覚えられてないいんじゃないかといつも不安に……」

「あぁあぁストップ！　落ち着けシズカ！」

親友を前に愚痴が溢れる。

が、ヒロミが私の両頬をぷにっと摘んで、強制停止させた。

「三バカトリオに何か言われたのか？　イキってるとか」

「うん……」

私の愚痴が止まったのを確認してから、ヒロミが手を離した。

容赦なく摘まれたから、ちょっと頬がヒリヒリする。

「もう、三バカトリオなんてバカな奴らほっとけばいいだろ？　関わるだけ時間の無駄だって」

「でも、そんなわけにはいかないよ……」

「何？　そんなにあのパシられてる陰キャが心配なのか？」

「そりゃそうだよ。このまま臼井くんが三バカトリオにいいように扱われて、それを苦にして不登校になったら可哀想じゃない？　ヒロミなら分かるでしょ？」

「いや、全然？　困ってるなら本人が誰かに相談するだろ？」

——ええ……そういうものなの？

最大の理解者であるはずのヒロミにあっさり否定されて、衝撃を受けた。

「シズカはいちいち気にし過ぎなんだよ。そんな他人の心配ばっかりしてたら身が持たないぞ。あ、先公が来たから教室戻るわ。じゃあまたな」

ヒロミがそう言って手を振り、隣の教室に入っていった。

朝のホームルームのチャイムが鳴り、各教室に向かう先生たちが、ぞろぞろと歩いてくるのが見えてきた。

私も渋々と教室に戻る。

窓際の前から二番目の席。そこに臼井くんの姿はまだない。

――急げば間に合うよって言ったくせに、間に合ってないじゃない……。

臼井くんが戻ってこないのを気にしながら、席に着く。

するとちょうど、担任の矢口先生が教室に入ってきた。

先生の姿を見て、席に着いていなかったクラスメイトたちが、慌ただしく自分の席に向かう。

「おはようございまーす。じゃあ、今日のホームルームを始めますよー」

先生の気の抜けた声に、女子がクスクスと笑っている。きっとまた後で、先生の声真似をして遊ぶに違いない。

「よーし、全員いますねー？　じゃあ、連絡事項を一つ……」

「先生。臼井くんがまだ来ていません」

思わず私は声を上げる。

先生は臼井くんの席を見て、鳩が豆鉄砲を食ったような顔をした。

「あれ？　臼井は？　まだ来てない？」

「登校はしているんですが……」

「まぁいいでしょう。じゃあ、来たら委員長が連絡事項を伝えてください」

「はい……」

いつも大人しくて目立たず、存在感が薄いからだろうか。先生にまで存在を忘れられがちな臼井くんが、不憫でならない。

――臼井くん、このままで大丈夫なのかな……？

ここは、私立寄鳥高校。地元じゃ校則が厳しくないことで有名なこの高校には、真面目な優等生タイプから、ギャル、部活命のスポーツマン、ヤンキーまで多種多様な生徒たちが集まっている。

このクラス編成になってから、既にひと月。

三バカトリオの行動を注意しようとするのは私だけ。

おそらく、臼井くんの心配をしているのも私だけ……。

それでも私は、臼井くんをこのままにすることはできないと思っていた。

臼井くんがヤンキーのパシリにされているのを知っていて、何もしなければ共犯も同然。

他の誰も動かないなら私が動くしかない。

――私は、学級委員長だから……。

クラスの平和を守るのは、私の役目。

ここ最近、何度も心の中でそう呟いていた。

――一時間目が始まる直前に、臼井くんが飲み物を抱えて戻ってきた。

イチゴミルクが売り切れていて、校舎の外の自販機まで買いに行ったらしい。

それなのに「遅い」とデンくんに怒鳴られている臼井くんは、相変わらず何を考えているか分からない顔をしていた。


その日の放課後。

私は三バカトリオを探して廊下をウロウロしていた。

先生から集めるように頼まれた生活調査のアンケートが欲しいのに、姿が見えないのだ。

うちのクラスで提出していないのは、残すところ三バカトリオだけ。教室に鞄が置いてあるから、まだ帰宅していないはずなのだが……。

今朝のことがあったから、三バカトリオとは顔を合わせたくない。でも、学級委員長としての仕事を放棄するわけにもいかない。

廊下で溜め息をついていると、教室に向かって歩いてくる三バカトリオを見つけた。

臼井くんも一緒だ。

「あの、生活調査のアンケートを集めているんだけど……」

取り敢えず私は、デンくんに話しかけた。デンくんは、一応三バカトリオのリーダー格らしいし。

「あん？　あぁ……アキラ、書き終わってるか？」

「終わってるよ」

デンくんに言われて、なぜか臼井くんがアンケートを鞄から出した。

しかも、三枚も。

「委員長。どうぞ」

不思議なことに、私は臼井くんから三バカトリオの生活調査アンケートを受け取った。

「……これ、三バカトリオのアンケートだよね？　まさか、臼井くんが書いたの……？」

「うん。頼まれたから」

——頼まれたから!?

どうしたら他人の生活調査アンケートが書けるのか。それは頼まれたからって引き受けちゃいけないもののはず。だって、正確な答えを書くのは無理だし。

驚きと戸惑いで顔面の筋肉が引きつる。……今、私はすごく変な顔をしているはずだ。対して臼井くんは、いつもとまったく表情が変わっていない。

いつも通り、『無』の表情だ。

「さっさと持ってけよ。俺たちは忙しいんだよ」

困惑して立ち尽くしていると、デンくんが威嚇するように言った。

今朝の脅しを思い出して、ちょっと緊張する。

こんな奴にビビってしまう自分が悔しく思いながら、私は逃げるように社会科の職員室に向かった。

——駄目だ！　もう黙っていられない！　先生に相談しよう！

自分一人じゃどうにもならないことは、周りの人に頼るのが一番だ。特に生徒同士で解決できない問題は、先生に頼るのが一番。あとで「先生にチクりやがって」と言われようとも、先生を味方につけられればこっちのものだ。

「——失礼します」

ノックをして社会科の職員室に入ると、そこにいたのは矢口先生一人だった。

「おぉ委員長。早かったですねー」

いつも穏やかに笑っている矢口先生。きっとこの優しい先生なら、臼井くんを助けてくれるはずだ。

そう思って、プリントを渡しながら切り出す。

「先生。ウチのクラスで今、イジメが起きています」

「へ？　イジメ？」

「はい。三バカトリオが臼井くんをイジメているんです！」

超重大事件を報告したはずだった。

しかし、先生はいつも通り穏やかに笑っていた。

「えぇ……？　イジメかなぁ？　あれは先生、イジメじゃないと思いますけどねー」

真剣に伝えたのに、先生の聞く態度に真剣味はない。全然信じてくれていない。

茶化（ちゃか）しているような態度に、すごく腹が立った。

「あれはイジメです！　臼井くんはいつもお昼休みになると、購買に三人分のパンを買いに行かされています!!」

「そうですか？　この前先生が見た時は、臼井が自分からみんなの分のパンを買いに行こうとしているように見えましたけどねー。三人の好みを正確に把握していて、すごいなぁと感心してしまいました」

「そ、それは…！　一種の慣れというか……パシリとしてのレベルが無駄に上がっちゃっただけです！　それにあの三人、お金払ってないですよ!?」

「本当に？　委員長の見てないところでやり取りしているんじゃないんですか？」

デンくんは、払っていないと明確に言ったわけじゃない。確かに、その可能性もある。

でもあの様子からして、デンくんたちが陰でお金を払っているとは思えないのだが。

まぁいい。これで納得してもらわなくても、臼井くんがイジメられている証拠ならまだある。

「あ、あと！　毎日下校中は全員分の鞄を持たされています!!」

「そうですか？　この前見た時は、自分から三人に『持つよ』って声をかけていましたよ？」

「そ、それは……！　断ると何されるか分からないし、何を言っても、最終的に自分が持たされると分かっているからですよ！」

私は渾身の力で訴えた。

なのに、それを聞いた先生は、あろうことか声を出して笑い出した。

「あはは！　気にし過ぎですよ、委員長。まだ委員長には分からないかもしれないけど、男子なんてあんなものだから」

全身が熱くなる。

先生は、イジメの現場をちゃんと見ていないから分からないのだ。

分かってくれない先生が腹立たしくて、近くにある教科書をぶん投げたくなった。

しかし、実際にはそう体が動かない。……こんな時までいい子でいたがる自分が憎い。

「もういいです」

私の不機嫌さよ、伝われ。

精一杯低い声で吐き捨てて、先生に背を向ける。

そして、職員室のドアをできる限り乱暴に開けた。

「責任感が強いのは良いことだけど、あんまり思い詰めると自分が苦しくなるだけですよ。まぁ、好きな子が気になる年頃だから、大変だと思いますけどねー」

後ろから飛んできた先生のヘラヘラした声を遮断したくて、勢いよくドアを閉める。

でも、非力な自分が思い切りドアを閉めたところで、デンくんが机を殴りつけた時のような迫力のある音は立たなかった。

――私が臼井くんを心配しているのは、学級委員長としてだし!!

先生に相談しても、無駄なんだ。

誰も助けてくれないのが悔しくて、ちょっと泣きそうだった。

◆

「――おい。アキラ、早くしろって」

俺――臼井アキラが昇降口でのんびり靴を履いていると、既に靴を履き終えていたデンくんが苛々した様子で俺に言った。

「あ、ごめん……」

うっかり、ぼんやりしていた。

デンくんに謝って、立ち上がる。手には四人分の鞄を持って。

出入り口の前でお喋りをしていた女子三人が、三バカトリオの姿に気づいて慌てて逃げ出した。

デンくん、キュウくん、ノンくんと一緒にいると、人に避けられる。それだけ三バカトリオが、みんなに恐れられているということなのだろう。

そんな三人といつも一緒にいるからか、俺の姿を見ただけで逃げ出す人も増えた。……たとえ俺が一人だったとしても、だ。

まぁ俺は元からあまり人と関わり合うタイプじゃないから、人に避けられたところでなんの支障もないのだけど。

三バカトリオと一緒でも、一緒じゃなくても、俺はきっとこんな感じ。何も変わらない。

「――臼井くん！」

校門を出てしばらくしたところで、名前を呼ばれた。

足を止めて振り向くと、学級委員長の大槻さんが駆け寄ってきた。ここまで一生懸命走ってきたのか、息が切れている。

「臼井くん、ねぇ、ハッキリ聞かせてほしいんだけど！　三バカトリオに使い走りにされて嫌じゃないの⁉」

委員長がよく響く声で聞いてくるものだから、先の方を歩いていた三バカトリオが足を止めて振り向いた。

「まーた委員長かよ……」

デンくんが、これでもかってくらい嫌そうな顔で言った。

「嫌ならハッキリ言ったほうがいいと思う。じゃないと、高校時代ずっと使い走り生活をすることになっちゃうよ！」

委員長が真剣な目を俺に向けている。

なんとなく直視できなくて、俺の目が泳いだ。

いつも一生懸命でまっすぐな女の子。それが、委員長に対する俺のイメージだ。

クラスメイト全員の世話を焼き、先生たちの頼みを何でも引き受ける。誰とでも仲良くしようとしていて、誰も除け者になんてしない。……俺のことも。

きっと委員長は、みんなより精神的に大人なんだろう。

そんな委員長の顔にハッキリと『臼井くんが心配です』と書かれていて戸惑う。

「あーもう面倒くせーな！　アキラは何にも言ってねーだろが！　余計な詮索してんじゃねーよ！」

デンくんが近づいてきて、委員長に怒鳴る。

「私は臼井くんに聞いているの！　デンくんは黙ってて！」

「なんだとぉ!?」

委員長に言い返されて、デンくんが吠える。

一触即発。そんな感じだ。

「……あの、俺は、大丈夫だよ？」

取り敢えず委員長を安心させたくて、そう答えた。

しかし、委員長は納得してくれない。

「自分の心の痛みや苦しみから、目を背け続けないほうがいいと思う！　先生に相談しようよ！　……先生に相談すれば解決するとは限らないけど、本人から先生に相談すれば状況は変わるかもしれないし……！」

困ったな。

委員長を見るデンくんの顔は険しい。

これ以上長引くと、デンくんが委員長に何かしそうな気がした。……それはちょっと避けたい。ヤンキーの威嚇は怖いだろうし。

何か起きる前に会話を終わらせたくて、委員長に言った。

「俺のことは気にしないで。ほっといてくれていいから」

安心させるつもりだった。だが俺の返答を聞いて、委員長は悲しそうな顔をした。

――しまった。俺の言葉はそんなに委員長を傷つけるものだっただろうか。

慌てて他に言うべき言葉を探す。

浮かばない。

そもそも、どうしてさっきの言葉が委員長を悲しくさせたのかが分からない。

俺が困惑していると、委員長が寂しそうに笑った。

「ごめんね……やっぱり、私なんかじゃ頼りにならないよね……」

「また明日ね」と小さく言って、委員長が駆け出す。

三バカトリオに目もくれず、追い越して、もっと先へと走っていく。

俺は何も言えずにその場に立ち尽くした。

胸の中がモヤモヤとして、気持ちが悪い。

「おい。行くぞ」

何事もなかったように、デンくんが俺に声をかけて歩き出す。そしてキュウくんやノンくんと一緒に、委員長のことをネタにして笑っていた。

しかし俺のモヤモヤはまだ晴れない。むしろ三バカトリオが委員長を笑うのを聞いて、余計にモヤモヤしてきた。

委員長のさっきの表情が胸に引っかかっている。

このモヤモヤは委員長に対するものか。いや違う。俺は、委員長にあんな顔をさせてしまった自分自身に、モヤモヤしているようだった。

——でもどうして俺は、こんなに自分に苛立(いらだ)っているんだろう？　自分に対して腹が立つなんて、変じゃないか？

自分に向けた問いに、答えは返ってこない。

鈍くて、あらゆる反応が人より遅い自分が、ちょっと疎ましく思えた。

◇

翌日の午後。

あとは帰りのホームルームを残すのみとなり、教室ではクラスメイトたちが浮かれはしゃいでいる。

ところがそんなクラスメイトたちとは対照的に、私の気持ちは沈んでいた。

別に嫌いな授業があったわけでもないし、宿題を忘れたわけでもない。でももう、今日は早く学校が終わってほしくて、早く帰りたかった。

「委員長ってさ、絶対に臼井が好きだよね？」

私の斜め前方で、クラスメイトのギャルっぽい女子が数名、ニヤニヤと笑っている。

「えー？　あの何考えてるかさっぱり分かんない奴を？　それはなくない？　ただ世話好きなだけじゃないの？」

「あぁ、あの子、お節介だもんね」

「いやいや、好きだからあんなにしつこく世話焼こうとしてんでしょ？」

どうやら彼女たちは、昨日私が臼井くんを心配して三バカトリオとやり合っているのを目撃したらしい。そして、私が臼井くんを心配するのは、異性として好きだからだと思ったようだ。

今日一日こんな感じで、暇さえあれば好き勝手な憶測を言い合っているクラスのギャルの皆さん。悪口ではないギリギリのラインで、人が触れてほしくないところを抉ってくる。私に聞こえていようがお構いなし。目が合ってもニヤニヤされるだけだから、余計にやりづらい。

——私が臼井くんを心配しているのは、学級委員長としてだから!!

どんなに念じても、テレパシーは通じない。

どうして先生といい、ギャルの皆さんといい、私の動機を色恋沙汰に変換するのか。

何も聞こえていないフリをしつつ、溜め息をついた。

黙って耐えてしまったのは、それに反論してクラスメイトに嫌われたくなかったからだ。

どうせ好かれてもいないけど、嫌われるのは怖い。

……きっと明日になったら、全然違う話題で盛り上がっているはずだ。だからとにかく、今日を早く終わらせたい。

その時、ようやく先生が教室に入ってきた。

そして口早に明日の予定を告げる。

「明日は校舎裏の木の剪定が行われるから、業者が入ります。トラックも出入りするから気をつけてください。今日は以上です。じゃあ日直さん、号令を」

なんてどうでもいい話。

この話を聞くために居心地の悪い教室で待たされていたのかと思うと、げんなりした。

——早く帰ろう……。

日直の号令に合わせて帰りの挨拶をし、すぐに鞄を持って教室を出る。

今日はもう誰かの面倒を見るのは御免だ。誰かに用事を頼まれる前に、クラスメイトや先生から離れたかった。

「あ、シズカ！　帰んのー？」

廊下に出ると、ちょうど隣の教室から出てきたヒロミと出会った。

親しい友達の笑顔に、ちょっと気が緩む。

が、ふとヒロミの右手に目が奪われた。

「え!?　その手、どうしたの!?」

ヒロミの右手は包帯でグルグル巻きにされている。こんなの、今朝はなかったのに。

「あーこれ？　二時間目に体育があったんだけどさー、面倒くさくってサボってたら先公に注意されてよー。ムカついて壁殴ったら、思ったより腫れて病院行ってきた！」

笑って言うことじゃないのに、ヒロミは自分で言って自分でウケている。

「嘘でしょ……？　ねぇ、お願いだから加減しようよ……自分から大怪我してどうするの……？」

「ホントだよな。どうせ怪我するなら先公をぶん殴って怪我したかったよな」

「そういう話じゃないってば！」

まず、先生を殴るという発想をやめてほしい。実際にそんなことをすれば、一発で退学だ。せっかく出来た親友なのに、事件を起こして退学なんてしてほしくない。

「大丈夫だよ。シズカの言いたいことは分かってる。先公殴って退学なんて、馬鹿な真似はしねぇよ。その証拠に、ちゃんと壁で我慢しただろ？」

「そもそも、腹が立ったら殴るって選択肢をなくしてほしいの！」

「まぁ過ぎたことはしょうがない！　ってことで、一緒に帰ろうぜー」

「もう……鞄、持とうか？」

「大丈夫だって！　あたしはシズカと違って、その日の授業の教科書とノートを全部持ち歩いてるわけじゃないし」

確かに、左手で持っている鞄は、自分のものより薄くて軽そうだ。

「でも本当に信じられない……壁殴ったら痛いことくらい分かるでしょ？」

「そんなに痛くないって。去年、シズカが脚立から落ちた時の怪我より絶対に軽い」

「それは思い出させないで……」

……あれは一年の文化祭の直前のこと。

サボりがちなクラスメイトのせいで、うちのクラスは準備が全然進まず、私は教室の飾りつけを全部一人でやることにした。そして脚立に乗って作業していたところに、ふざけていた男子がうっかり脚立にぶつかり……落下してあちらこちらを打撲。膝（ひざ）を切って教室に血の水たまりを作った。

ヒロミが言う怪我（けが）とは、その時のもので間違いない。ヒロミは一年生の時に同じクラスだったから、事故のことはよく知っているのだ。

ちなみにその事故の後、私が大怪我したのをキッカケにクラスは一致団結。私そっちのけで盛り上がって文化祭の大成功を讃（たた）え合ったという、非常にいい話がある。

あぁ今でも思い出すだけで虚（むな）しくなる。

私の存在意義ってなんだろうって泣いたものだ。

私は正義感と責任感の強さが原因で、事故やトラブルに遭いやすい。

困っている人や困った状況をほっとけない性分だから、自分からトラブルに吸い寄せられてしまうのかもしれないけど。

「あ、それよりさ……」

ヒロミが楽しげに別の話を始めた。

ヒロミの切り替えの早さに救われて、正直ホッとする。

嫌な話はもうおしまいだ。

私とヒロミは他愛もないお喋りをしながら、一緒に猫岡沢駅に向かった。

猫岡沢駅は、私たちの通う寄鳥高校の最寄り駅である。

電車通学の私とヒロミは、そこから別方向の電車に乗る。だから、一緒に帰れるのは駅までだ。

ふと視線を感じてさりげなく周囲を確認すると、こちらを見てひそひそ話している女子二人組がいた。

でも私がそちらを向くと、パッとお喋りをやめる。

不快な気持ちを溜め息に乗せて吐き出すと、ヒロミが私に聞いてきた。

「なんか見られてた？」

「あ、うん……人のことじろじろ見て、ひそひそ話すのはやめてほしいよね」

「まぁ、真面目なシズカと不良なあたしが一緒にいるのを見て、何も思わないってほうが無理あんじゃない？」

「だからって……失礼だと思うけど」

私とヒロミが一緒にいると、視線を感じることが多々ある。大体見てくるのは、同じ高校の生徒たちだ。

髪も染めず、模範生の代表みたいに制服を着ている私と、ヤンキー感しかないヒロミ。そんな私たちが一緒にいるとどうも人目を引くらしい。

私が不満げに口を尖(とが)らせていると、ヒロミがふふっと笑った。

「……シズカはさ、あたしも髪を黒くして、真面目に制服着たほうがいいと思う？」

「え？　私はどっちでもいいと思うよ？　先生からの評価を良くしたいなら、そうしたほうがいいと思うけど。うちの学校は校則が緩いから、ルール違反じゃなければいいんじゃない？」

「ん。そっかそっか。やっぱりシズカってさ、クソ真面目だけど、いい感じの性格してるよな」

「なんか、褒められているのか不安になる言い方なんだけど？」

「褒めてる褒めてる！」

よく分からないけど、ヒロミは楽しそうだ。

ヒロミと私は、一年生の時に色々あって親友になった。そして今では私にとって唯一無二の友達。ヤンキーっぽい見かけなんて関係ない。

私はヒロミの、ヒロミらしいところが全部好きなんだ。

でも周囲の人は、私とヒロミが友達って事実を簡単には受け止められないらしい。

一年生の時、私は担任の先生に呼び出された……。

――もしかして、荒木さんにイジメられてない？

初めて出来た親友にイジメられてると思われていて、私はポカンとした。どんな顔をすれば良いのか分からなかった。

戸惑い気味に「友達ですけど」と答えたが、先生の目は心配そうなままだった。

なんで信じてくれないのか。今思い出すと、腹が立つ……。

「イジメられてないのに、イジメの心配をしたり……イジメられてるのに、イジメじゃないって笑っていたり……先生の目って、節穴なのかな？」

ふと思いついたことを愚痴ると、ヒロミはさも当然のごとく言った。

「先公が当てにならないのは、当たり前だろ？」

ヒロミの学校の先生への期待感は元から低い。いや、それどころか大人の大半を信用していないのだ。

対して私は、大人は信用できるものだと思っていたし、子どもの教育者という立場にある先生への期待感が高かった。

でも、今ならヒロミの言っていることが分かる。心がグレそうだ。

「あーもうどうしよう」

「てか、何に悩んでんの？　先公と何かあったのか？」

「うーん……」

ヒロミに、矢口先生に相談した時のことを話そうか迷った。

話したら一緒になって怒ってくれそうだけど……。

迷ってしばらく黙っていると、いきなりヒロミが走り出した。

「あ、猫はっけーん♪」

「え⁉　ちょっと！　ヒロミ⁉」

通りすがりの猫を見て、嬉々とした様子で追いかけ始めるヒロミ。

「おい猫！　逃げんなよ！　あっそぼーぜー♪」

ヒロミに追いかけられ、血相を変えて逃げる猫。

私も慌てて猫とヒロミを追いかけ、通学路じゃない路地裏に入る。

——なんて自由な子なの⁉

たまにヒロミが猫っぽいと思うことがあるのだが、前世は本当に猫だったのかもしれない。

ヒロミは脚が長いし、運動神経もいいから走るのが速い。

どんどん引き離される。

「ちょっとヒロミ！　そんな風に追いかけたら猫が逃げるに決まって——きゃっ！　すみません‼」

必死にヒロミの後を追って走っていたら、別の路地から出てきた人とぶつかってしまった。

反射的に謝ってから、相手の顔を見る。

背筋がヒヤッとした。

「わーお。曲がり角でＪＫとぶつかるなんてラッキー！　しかも、大人しそうな黒髪真面目系女子とかちょータイプ。これって運命の出会いってやつじゃね？」

燃えるような赤い髪をして、サングラスをかけたガラの悪そうな男。……あまりお近づきになりたくないタイプの男が、ニヤニヤしながらそう言った。

「こんなうっかり可愛（かわい）いＪＫに会えるなんて、俺ってばツイてるわー。ねぇねぇ？　ちょっと遊ばない？」

「い、いえ……結構です」

すぐに断って、ヒロミの後を追おうとする――けれど、手首を掴（つか）まれてしまった。

「は、放してください！」

「あーいいねいいね！　その嫌がる顔がまたいいねー！　お兄さん、君みたいな『汚れたことなんて何も知りません』って子が嫌がる顔、大好物なんだよねー」

気持ち悪くて、血の気が引いた。

おぞましい。生理的に無理。

一刻も早く離れたいと思うのに、手首を掴んだ男の手が振りほどけない。

「俺が君の知らない世界の楽しいこと、教えてあげるよー？」

気持ちの悪い男が、さらに気持ち悪い笑顔を浮かべる。

――イヤだ……！　放して！

そう叫ぼうとした時、あたしのシズカに何してやがる!?」

ドスの利いた声と共に、ヒロミが視界を勢いよく横切った。

ヒロミの長い脚が、男の顔を蹴り飛ばす。

その衝撃で男は私の手を放し、地面に尻もちをつくように倒れた。

「大丈夫か!?　シズカ」

「うん。大丈……」

大丈夫と最後まで言い終わる前に、ヒロミが横から男に蹴り飛ばされた。

「ヒロミっ!!」

先ほどヒロミに蹴り飛ばされたはずの男が、もう立ち上がっている。

ヒロミは地面に倒れて、お腹を手で押さえて呻いた。

「ったく!!　ヤンキーには用がねぇんだよ!!　てめぇみたいな女には、全っ然ソソられねぇ!!」

男が怒鳴る。

私は倒れているヒロミに駆け寄ろうとしたが、逆方向に強く手を引っ張られ、それは叶わなかった。

再び私を捕まえた男に向かって、鋭く言い放つ。

「女の子を蹴るなんて、最低!!」

怒りと恐怖で、視界の中にいる男がじわっと歪んだ。

でも泣きたくなくて、唇を噛む。

泣いたら、こいつを喜ばせてしまう気がして、それだけは絶対に嫌だった。

「あぁすっごくいいね！　怒った顔も泣きそうな顔も凄くいい！　よし！　じゃあお兄さんと遊びに行こうか！」

この男、人の血が通っているとは思えない。

恐怖で混乱し、頭が全然動かない。

このままじゃいけない。

このままじゃヒロミを助けられず、自分は何をされるか分からない。

どうにかしなきゃいけない。

何か手を打たないと。

何か……何か、何か、何か!!

――――――――誰か助けて!!

「――あれ？　委員長じゃね？」

天に祈りが通じたのか。

聞き覚えのある声がした。

「それから……悪丸サダオ先輩じゃないっすか。ウチのクラスの学級委員長に何か用っすか？」

ゾロゾロと現れたのは、三バカトリオだった。

男の名前を呼んでいたところからして、顔見知りらしい。

「おぉ三バカトリオじゃねーか。ちょっと振りだな。でも、今いいところだから、邪魔すんじゃねーよ」

男がつまらなそうに言った。

「いいところっすか……」

デンくんが、私を見た。

そして、地面に転がって苦しそうに呻いているヒロミを見た。

「……随分、楽しそうっすね」

男にそう言うデンくんの声には、抑揚がなかった。

それを聞いて、男が品のない笑みを浮かべる。

「なんだ？　混ざりたいのか？」

「いや、勘弁っすね。俺ら、悪丸先輩みたいに退学になりたくないんで。……どうっすか？　三年になれずに退学になって、クソニートやってる気分は？」

デンくんの挑発的な言葉に、男の鼻息が荒くなる。

「ヤンキーのくせに気取りやがって……。お前らはいつもそうだ。俺が在学中、一緒に楽しいことしようぜってせっかく誘ってやってたのに、お前らは全然乗ってこなかったな……」

「当たり前じゃないっすか。バカみたいに一発退学になりそうな、アホな遊びばっかなんすから」

「なんだと!?」

「すんませんね。俺らわりと分別がつくヤンキーなもんで。学校でも外でも暴れたいって言うなら、穴熊高校に行けば良かったんじゃねーですか？」

デンくんの言葉を聞いて、男が私の手をパッと放した。

そして拳をバキッと鳴らしながら、三バカトリオにゆっくりと歩み寄る。

「穴熊高校ね……。ヤンキーたちの吹き溜り。学力より武力が物を言う弱肉強食の高校。

そんな野蛮なヤンキー共と俺が同類だって言いたいのか？　おいおい、傷つくなぁ……」

三バカトリオは動じない。

その場から一歩も動かず、近づいてくる男を見据えている。

そんな三人に向かって、男は両手を広げて笑った。

「そうだ。せっかくだから在学中にできなかった、とっておきの遊びをしてみようか？

……三バカ叩きって言うんだけどよぉ？」

「……すげぇセンスのない遊びっすね。なぁ？　キュウ、ノン」

デンくんが呼びかけると、キュウくんが「マジそれなー」と言い、ノンくんが「激しく同意だな」と言った。

そして、三バカトリオが一斉に男に向かって走り出す。

三対一。

三バカトリオの方が優勢のはずだ。

今のうちに……と、私は倒れているヒロミに駆け寄った。

「ヒロミ！　大丈夫⁉」

「腹もイテェが……右手もイテェ……」

倒れた時に、怪我をしていた右手をさらに痛めたらしい。

激しい痛みがあるのか、ヒロミは額に汗をかいている。

「ごめんね……ヒロミ、ごめんね……」

「いいから……逃げろ。シズカ……」

「え？　逃げろって……？」

「あぁ、早く逃げろ……こいつは、三バカトリオでどうにかなる相手じゃ、ねぇ……」

ヒロミが何を言っているのか、一瞬分からなかった。

同時に耳に届いた、男性のものと思われる複数の呻き声。

それが何を意味するのかも、気づくまで時間がかかった……。

「待たせたねー」

すぐ後ろで、気持ちの悪い声がした。

「シズカ……逃げろ……」

振り向くのが怖くて、振り向けない。

足が竦んで、立てる気がしない。

走って逃げるなんて、絶対に無理だと思った。

「いやー今日は素晴らしい！　好みのＪＫに出会えた上に、三バカトリオをボコれるなんて！　とってもいい日だと思わないか？」

男が笑いながら、私に賛同を求めてきた。

しかし私が賛同できるはずがない。今日はどう考えたって……最悪の日だ。

「シズカ……！」

ヒロミが私の名前を呼ぶ。

逃げろと言っているのは分かっている。

でも、逃げられない。ヒロミも三バカトリオも置いて、自分だけ逃げるなんてできない。

……いや、それ以前の問題で、脚が動かない……。

「さぁ行こうか？　快楽と絶望の世界へ……」

男の手が、私に近づいてくる。

ゆっくりと、しかし確実に、私を捕えようと迫ってくる。

――もう、ダメだ……。

自分にはもうどうすることもできない。

諦めるしか、ない……――。


「――あ、デンくんたち、やっと見つけた…………？」


ふと、場違いなくらい緊張感のない声がした。

強張(こわば)った首の筋肉をぎこちなく動かして声のほうを見ると、商品のたくさん入ったビニール袋を抱えた男子がいた。ビニール袋には三バカトリオの好きな飲み物が入っているのが見える。

――臼井（うすい）、くん……？

同じ学校の制服。眠そうな顔。臼井くんで間違いない……。

私たちを見て、臼井くんの動きが止まった。

この場の空気に気づいたようだ。

現状が把握できないのだろう……動きを止めたまま、目だけを動かしている。

倒れている三バカトリオ。

そしてヒロミ。

固まっている私。

怪しい男。

たぶん全部確認したと思うのだが、臼井くんは表情が変わらない。いつも通り、何を考えているのか分からない、眠そうな顔をしている。

「お？　お前は三バカトリオにパシられてる陰キャじゃねーか！　相変わらずこいつらにパシられてんのか？　ダッセー陰キャだな！」

男が臼井くんを見て笑った。

――いけない！　このままじゃ臼井くんまで巻き込まれちゃう！

私は臼井くんに向かって叫んだ。

「臼井くん、逃げて!!」

しかし直後に、ヒロミも叫ぶ。

「おい！　臼井！　シズカを連れて逃げろ！」

「ちょ……！　臼井くんまで巻き込むわけにはいかないでしょ！」

「今、シズカを助けられるのは臼井しかいねぇんだから、しょうがねぇだろ！」

こんな状況なのに、なぜか私とヒロミの考えは噛み合わない。

助けるべきか逃げるべきか分からないのか、臼井くんは立ち尽くしたままだ。

頭の中も胸の中もぐちゃぐちゃだ。

苦しくて、苦しくて、苦しくて……私は叫んだ。

「もういいから!!」

路地裏に響く私の叫びは、もう悲鳴に近かった。

「私が一緒に行けば良いんでしょ!?　だからもうこれ以上みんなに酷いことしないで!!」

すると、男はニタァと笑った。

「あーもう最高にキュンキュンする展開だわ。いいよいいよ。このくらいで勘弁してあげるからねー。お兄さんと一緒に楽しいことしに行こうねー」

男に腕を引っ張られて、立ち上がる。

肩に手を回されると、ジトッとした気持ちの悪い熱が、制服を通り越して肌へと伝わってきた。

　悪寒がする。

「待てクソ野郎！」

　ヒロミが叫び、立ち上がろうとする。が、あっという間に男に蹴飛ばされて倒れた。

「うっせぇな。お前は寝てろ」

　男は虫を見るような目でヒロミを見下ろしていた。

　まだヒロミに何かする気なんじゃないか。焦った私は、男に懇願する。

「お願い!!　もうやめて……!!」

「あ、ごめんごめん。待たせて悪いな」

　ヘラヘラと男が笑った。

　言葉が通じているように思えない。この男は、人間の皮を被った別の生き物なのかもしれない。

　――どうしてこんなことになっちゃったんだろう……。

　ついに堪えきれなくなった涙が流れ出す。

　そんな私の横で男は楽しそうに笑い、歩き始めた。


　――バシャッ。

水音がして、男の足が止まった。

男がゆっくりと後ろを振り向く。――その後頭部が濡れていて、甘い匂いが漂っていた。

「チッ」

男が舌打ちし、勢いよく地面を踏みつける。

男の足と地面の間で、イチゴミルクの紙パックが潰れ、中身が弾け飛んだ。甘い香りが濃くなる。

――これって、デンくんがいつも臼井くんに買いに行かせているやつ……？

まさか……と、私も後ろを振り向く。

私の視線の先にいる臼井くんは、相変わらず静かな目をしていた。

「てめぇ……どういうつもりだ？」

男の声は、先ほどよりも低い。僅かに震えているのは、押し殺せない怒りのせいか。

しかし、臼井くんは動じない。

授業中、先生に当てられた時のように、普通に答えた。

「……パシられてる陰キャなもんで、ビビって手が滑りました……」

自分が投げつけたことを、あっさりと認めてしまった。

大胆な臼井くんの行動に、肝が冷える。

もう男が臼井くんを見逃すことはないだろう。

きっと三バカトリオと同様……いや、それ以上に痛めつけられてもおかしくない。

「臼井くん……逃げて……」

声が震える。

「早く、逃げて……」

私が必死に訴えかけているのに、臼井くんは動かない。いつもとまったく同じ雰囲気のままで、そこに立っている。

信じられないけれど、微塵も恐怖なんて感じていないように見えた。

恐怖を感じないなんてこと、あるはずないのに。

「そうかそうか。手が滑ったか……」

男が軽く笑ったあと、真顔になった。

「謝るならさっさと謝れ。俺はそんなに気が長くねぇぞ?」

男の言葉を聞いて、臼井くんがすぐに返す。

「あ……すみません。もっと派手にぶちまけたかったんですが、投げる勢いが足りなかったみたいです」

「てんめぇ……!!　調子に乗りやがってぇ!!　見逃してやろうと思ったが、やめだ!!」

空気がビリビリと震えるような怒声だった。

電線にとまっていた鳥が、バサバサ音を立てて飛んでいく。

男は私を放し、迷うことなく臼井くんに向かっていった。

「そんなひょろっとしたモヤシの分際で大トリのつもりか……?」

怒りを抑えきれないのか、ふーふーと荒い息遣いが聞こえる。まるで闘牛だ。額に血管が浮かぶ赤い顔で、男が臼井くんとの距離を詰めていく。

もう男を止められる人はいない。

三バカトリオはまだ起き上がれない。

ヒロミにはこれ以上危険なことをしてほしくない。

「臼井くん、逃げて!!」

そう言うのが、精一杯だった。

「手加減間違えてあちこちへし折っても、文句言うなよな!!」

「……」

男が臼井くんに殴りかかる。

無言で立っている臼井くんは、動かない。

心臓がバクバクして、喉から何か出てきそうだった。

神様でもなんでも良いから、助けてと願う。

──……そっちもね。


ふと、臼井くんのそんな声が聞こえた気がした。

でもその声はいつもより静かでちょっと冷たくて、臼井くんのものじゃないようにも聞こえた。


──そして、臼井くんが動いた。


「え……？」

思わず、声が漏れる。

私の前で、にわかには信じがたい光景が広がっていた。

殴りかかった男の拳を、臼井くんがいとも簡単に受け止めて、そのまま受け流す。

バランスを崩した男は無様にコケて、慌てて立ち上がった。

再び男が拳を構えて、臼井くんに立ち向かう。

しかし臼井くんは軽々と拳を躱して、男の腕を片手で掴んだ。

男の顔に焦りが浮かんだ次の瞬間、臼井くんがギリギリと男の腕を捻り上げる。

「イテテテテテテ!!」

男が叫ぶ。

「何すんだぁぁ！　放せ！　イテテテテェ!!」

男が放せと言うと、臼井くんがパッと男の手を放した。

——え!?　放しちゃうの!?

あっさりと男を解放した臼井くんを見て、私は焦った。

この男がこのくらいで引くとは思えない。

「クソがぁ……！　調子に乗ってんじゃねぇぇ!!」

案の定、男はまた臼井くんに殴りかかる。

ところがそれを見て面倒くさそうな顔をした臼井くん。

またわけなく男の腕を掴んで、グッと捻った。

「うがががががが」

男の悲鳴。

臼井くんにも男の悲痛な声が届いているはずが、臼井くんは表情一つ変えない。

臼井くんはいつも通りの涼しい顔で、曲げちゃいけない方向に男の腕を曲げようとしていた。

「よせぇぇ！　やめろぉぉ！　折れるぅぅぅ！」——私には分からないけれど、たぶん関節技の何かだと思う。

男はもう泣きそうな顔をしていた。

しかし臼井くんは反応しない。

無表情で男の腕を締める様は、冷酷非情にも見えた。

「う、臼井くん……？」

「何？」

戸惑いつつ声をかけると、普通に返事が来た。

「い、痛そうだよ……？」

「うん。痛くしてるんだよ。取り敢えず、三バカトリオと荒木さんの痛みの合計と同じくらいの痛みを意識して……」

「待て待て!!　ぎゃあああああああああ!!」

「も、もういいんじゃないかな!?」

涙を流して泣いている男を見て、思わずストップをかけてしまった。

正直、男には同情の余地もない。今すぐ地獄に堕ちてほしいくらい憎いけど、泣き叫ぶ姿をずっと見てはいられなかった。

それにこれ以上、臼井くんの手を汚させるわけにはいかないし。

「そう？」

臼井くんは素直に私の言葉を聞き入れ、男からパッと手を放す。

男はそのまま力なく地面に倒れた。ヒィヒィという苦しそうな息遣いが聞こえる。

「大丈夫？　怪我、ない？」

臼井くんは倒れた男に目もくれず、私を心配してそばに来てくれた。

「あ、うん……」

答えていると、臼井くんが何かをじっと見ていることに気づいた。

臼井くんの視線の先には、私の手首。男に強く握られたせいか、少し赤くなっている。

「だ、大丈夫だよ。このくらい……」

「ごめん」

臼井くんが謝る必要なんてないはずなのに、そう言われた。

いつも感情を感じさせない臼井くんが、シュンと落ち込んでいるように見える。

──私に痣ができたこと……気にしてくれているの？

不意に優しい心を見せてもらった気がして、胸がキュンとした。

臼井くんの手が伸びてきて、私の手首をそっと撫でる。

さっきまで男に悲鳴を上げさせていた臼井くんの手が、壊れ物を扱うように優しく触れるから、鼓動が加速する。

急に恥ずかしくなって、慌てて臼井くんに話しかけた。

「あの、臼井くんは、大丈夫？」

「平気。それより荒木さんを……」

そうだった。

私は急いでヒロミのところに向かった。

するとヒロミは自力で体を起こして、呆然と臼井くんを見ていた。

「これは……夢か？　あたしは気絶して、夢を見てるのか？　臼井があの男を倒すなんて……ありえないだろ」

ヒロミは現実を受け入れられないって顔をしていた。

そうなるヒロミの気持ちは私にもよく分かる。私だって信じられなかった。

でも……。

「夢じゃないと思う……」

私の手首には、あいつに付けられた痣がある。そして、倒れている男がいる。

臼井くんが私たちを助けてくれたのは、現実だ。

「いやいや三バカトリオにパシられてた臼井が、こんなに強いなんて信じられるかよ⁉」

「私もまだちょっと信じられないよ！　臼井くん、なんでそんなに喧嘩が強いの？」

私も一緒になって聞くと、臼井くんが首を傾げた。

「……う～ん。なんでだろ？　たしなみ？」

いつものぼんやりした顔で、そう言われた。

「たしなみ……たしなみ？」

私は臼井くんの言葉を反芻した。

――『たしなみ』ってなんだっけ？

私の脳内に現れた和服美人が「茶道をたしなんでおります」と微笑む。

そうそう、たしなみってそういうやつだ。

……しかし臼井くんのたしなんでいたものは、そんな優雅な芸事だっただろうか？

「えっと……臼井くんに、喧嘩のたしなみがあったとするよ？　ならどうして、いつも三バカトリオのパシリをやってたの？　逆らえなくて、言いなりだったんじゃないの……？」

私の言葉を聞いて、臼井くんの眉尻がちょっと下がった。

「え？　いや、別に……三バカトリオは、友達だし」

困っているような言い方だった。

ふと、私とヒロミが一緒にいるのを、担任の先生に心配された時のことを思い出す。

私もこんな顔をした記憶があったな。

いや、私と臼井くんの状況は全然違うと思うのだが。

「こいつらはそんなに悪いやつじゃないよ？　現に、委員長たちのピンチに気づいて助けに来てくれたんじゃないの？」

「それは……そうですね」

臼井くんは遅れてきたから、どうして三バカトリオが地面で伸びているのか知らないはずだ。しかし、三バカトリオが私とヒロミを助けるために戦ったと察したのだろう。

そしてそれは合っている。

私が男に絡まれているのを見て、無視する手だってあったはずなのに、三バカトリオは来てくれた。私たちのために喧嘩をしてくれた。

確かに、そんなに悪い奴らじゃないのかも……。

——……って、いやいや危ない。納得しかけてしまった……。

「で、でも！　悪い奴らじゃなかったら、友達をパシリにしないよ⁉」

「俺がその……パシリっぽいのは、趣味……みたいなものだから」

——趣味⁉

開いた口が塞がらない。

パシられるのが趣味なんて聞いたことがない。

ヒロミも唖然として、臼井くんを見ている。

すると、臼井くんが語り出した。

「代わりにノートを取ると、何度も書くから覚えられるし。テストの山を張ろうとすると、テストの傾向分析をしなくちゃいけないから、テスト対策になるし。鞄持つと、筋トレになるし……」

いつも通りのぼんやりした表情で、パシリ役のメリットを説明してくれる臼井くん。

そんなにポジティブにパシられてたなんて……驚愕である。

三バカトリオにパシられて表情一つ変えないのは、気持ちを押し殺していたからではないらしい。

本当に何も、悪い感情を抱いていなかったようだ。

「で、でも！　いつもお金払っているの臼井くんでしょ⁉　そういうの、良くないよ‼」

「ちゃんと帳簿をつけているよ。卒業までには返してもらうつもりだから」

あ、それはしっかりしていらっしゃる……。

……って、感心している場合じゃない。

「臼井くんがそう思っていても、三バカトリオがちゃんと言うこと聞くか分からないよ？」

「大丈夫だよ。俺……ヤろうと思ったら、いつでも言うこと聞かせられるから」

どういうことなのか、『殺ろうと思ったら』に聞こえた。

いや、まさか、そんな意はないはずだけど……。

しかし、臼井くんの言葉におかしな気配を感じたのは、私だけじゃなかったようだ。

倒れたままの三バカトリオが、目を泳がして汗をかいているように見えた。

三バカトリオは、ここら辺で喧嘩が強いと噂のヤンキー三人組で、さっきの男は、その三バカトリオが束になっても敵わない相手だった。

そして臼井くんは……その男をノーダメージで締め上げて倒すほど強かった。

つまり——三バカトリオより臼井くんが強いことが明らかになったのだ。

この新事実を知って、三バカトリオが臼井くんに向かってイキれるはずもない。

でもこれが臼井くんの本当の姿だったみたいだし、私も普段の臼井くんとのギャップに混乱した。

「拳で会話ができるタイプは、扱いが本当に楽だよね……」

ごく普通のことを言うように、臼井くんが言った。

──あれ？　臼井くん、三バカトリオは友達って言ってたよね？　友達と分かり合うために、拳で会話する気満々だったんですか……？

臼井くんの日本語がちゃんと理解できず、私たちは怪我の手当ても忘れてしばらくぼんやりしていた。

……臼井くんが「じゃあそろそろ警察を呼ぼうか」と言い出すまで、ずっと。


──この日、私たちは知ってしまった。

パシられ陰キャの臼井くんは、ただヤンキーにパシられていたわけじゃなかったのだと。

もうアキラをパシるのは危険だ…
コソ
鞄は自分で持つぞー
コソ
だな…
……？
ねえ…鞄持つよ？
ど…どうするー!?
拒んだらぶっ飛ばされるやつかもしれないいんだな…！
俺に逆らったらどうなるか
ゴ
ゴ
パキッ
分かるよね…？
ゴ
ゴ
ゴ
ゴ
※イメージ画像
こうなったら…
めっちゃ低姿勢でいくぞ…！
よろしくお願い申し上げます…
ハハ————ッ
なにアレ…？
⁇
献上品…？
パシられ陰キャの主従関係が逆転した件

◆第二章　パシられ陰キャが、無敗だった件

翌日。

俺はいつも通り学校で授業を受けていた。

時刻は十二時五十分。昼休みのチャイムが鳴る。

その音を聞きながら、三バカトリオの昼ご飯を買いに行かないとな……と思った。

起立、礼……で、みんなが動き出すのを見て、俺も三バカトリオのいる席に向かう。

いつでも三人でいる彼らは、授業終了直後にもかかわらず、もう三人で固まっていた。

「焼きそばパン二個、カレーパン一個、ジャムアンパン一個、チョコパン二個でいい？」

「あ……あぁ」

デンくんが目を合わせずに返事をした。

うちの学校の購買のパンは、一個一〇〇円とお手頃なのに一個一個のサイズが大きいことで有名だ。三バカトリオの食べるパンの種類はいつも同じ。それでも毎日一応メニューを確認してから、購買部に向かうことにしていたのだが……そこでいつもと違う思いがけないことが起きた。

「あの……アキラ。これ、お金……」

「え？」

デンくんが俺に、くしゃくしゃの千円札を差し出した。

「余った分は……過去の分の返済に充ててくれ。また毎日ちょっとずつ、過去の分も払うから」

「あ……分かった」

今日は三バカトリオの様子がおかしい。

俺の顔色を窺っているような気がするし、俺をパシろうとしない。

いつもならお金を払う素振りも見せないのに、どうしたんだろうか？

——まぁ払ってくれるのはいいことだし、どんな理由でもいいか。

色んなことに関する興味が薄い俺は、考えるのをやめて教室の出入り口に向かう。

ちょうど委員長の席の隣を通った時、足が自然と止まった。

「ん？」

委員長が俺に気づいて、顔を上げる。

委員長のつぶらな瞳が、俺を見ている。

ふと昨日、男に連れ去られそうになっていた委員長の姿を思い出した。

委員長の手首には、まだうっすらと痣が残っている。

「えっと、どうかした？　臼井くん」

「……昨日のこと、大丈夫？」

「あ、うん……。臼井くんが警察呼んでくれたし、無事に解決して良かったね」

委員長が笑った。でも、昨日のことを思い出してしまったせいか、いつもより元気がなさそうだった。

何か言わないといけない気がした。

焦って、頭に浮かんだ言葉をすぐに口にする。

「……今日、委員長が学校に来てくれて良かったよ」

「え？　なんで？」

なんで？

――あれ？　俺はどうして委員長が学校に来て良かったと思ったんだ？

今日の俺は、教室に入って委員長の姿を見た時に、ホッと体の力が抜けるのを感じた。

それはどうしてなのか。俺が伝えなくちゃいけないのは、そういうことなのかもしれない。

「学校来られなくなっちゃったらどうしようって、気になってたから」

そう言うと、委員長の目が大きくなった。

「あ、ありがとう……心配してくれて。私は大丈夫」

「そっか」

「うん……」

会話はそこで途切れた。

委員長は目を泳がせている。顔が少し赤い気がするがどうしたんだろうか。

委員長の様子がちょっと気になったけど、それより今は三バカトリオのパンを買いに行かないといけない。

俺は気持ちを切り替えて廊下に向かう。すると俺の隣を、荒木さんがすり抜けてきた。

荒木さんは片手でお弁当を振り回していて、振り回されていたお弁当が俺のこめかみにゴンとぶつかった。

「シーズカ！　一緒に食べようぜー」

俺にぶつかったことに気づかず、荒木さんは委員長に駆け寄る。

俺は鈍く痛むこめかみを手でさすりながら、いつも仲の良い二人の姿を眺めた。

荒木さんが委員長を見て笑っていて、委員長は何やら必死な様子だ。

でも委員長の様子は、俺が話しかけた時よりずっと明るく楽しそうで……その姿を見て、俺はなんとなく、いいなって思った。

◇

臼井くんに心配してもらった私は、心を落ち着けようと必死だった。

既に心臓はギアを上げていて、体温が上昇している。

私の脳内で、臼井くんの『気になってたから』がリフレインしていた。

——き、気になっていたというのは、昨日の事件がキッカケで私が外に出られなくなっちゃったらどうしよう……とか、そういう心配をしていたって話ね！　それ以外に特別な意味なんてきっと何もないから！

一人で勝手に舞い上がる、私のおめでたい脳味噌。

脳内でいきなり昨日の臼井くんの上映会が始まり、臼井くんの勇姿を思い出してさらに落ち着かなくなる。

今日の私は、臼井くんを見かける度にドキドキしていた。授業中も気づくと臼井くんを見ているし、休み時間に臼井くんが席を立つと目で追ってしまう。

臼井くんが気になって仕方がない。

昨日の臼井くんが頭から離れない。

私は一体どうしてしまったのだろう……。

頭を抱えて悩んでいると、以前、クラスの女子たちが掃除中に話していた言葉を思い出した。

『誰か一人のことしか考えられなくなってしまうのは、恋をしているから』だとか……。

——ち、違う！　臼井くんが気になるのは、学級委員長として、だから！　パシられてるわけじゃないと分かって、安心したの！　それだけ!!

「——どうったの？　シズカ」

「ひゃっ！」

急に声をかけられて、椅子からお尻が浮いた。

「ひ、ヒロミ！　脅かさないでよ！」

「えー？　あたし、教室に入った時から声かけたじゃん。シーズカ！　一緒に食べようぜーって」

「え？　そうなの……ごめん」

自分の気持ちを落ち着かせるのに必死で、聞こえていなかった。

申し訳ない気持ちになっていると、ヒロミがふふんと笑った。

「どうせシズカのことだから、昨日の覚醒版臼井のこと思い出して、頭が少女漫画モードになってたんだろ？」

「な、なんで分かるの……？」

「顔に書いてある」

——そんな馬鹿な。私の思考って全部顔に書いてあるの!?

恐るべき事態に、血の気が引いた。熱くなっていた体がサッと冷たくなる。

そんな私の変化は気にも留めず、ヒロミは近くにあった椅子を勝手に借りて、私の机でお弁当を広げようとした。右手には昨日より厚めに包帯が巻かれていて、お弁当を包んだハンカチの結び目が解きにくそうだ。

「やろうか？」

「あ、ありがと」

お弁当箱を開くところまで手伝って、フォークを差し出す。

ヒロミは左手でフォークを握って、ウインナーに突き刺した。

「しっかし、昨日の覚醒版臼井にはあたしも驚いたよ。まさか、臼井のやつがあんなに喧嘩できるとは思わなかったし。臼井が三バカトリオの飼い犬にされてんじゃなくて、三バカトリオが臼井の飼い犬だったみたいだな！」

ククククと笑いながら、ヒロミがウインナーを口に運ぶ。そしてまたすぐに、もう一つのウインナーにフォークを突き刺した。

「うん。やっぱり三バカトリオに臼井くんがイジメられてるっていうのは、私の杞憂だったんだよね……」

私にあれこれ心配されて、臼井くんはさぞ戸惑ったことだろう。

あぁ恥ずかしい。それにかかわる事柄全部、みんなの記憶から抹消してほしい。

「まぁ、シズカは真剣に心配してたわけだし、臼井がイジメられてなくて良かっただろ？　もっと喜んだら？　ほら、昨日の臼井の真の姿でも思い出して、キュンキュンしてなって」

「し、しないから！」

「素直になれよ。気になってんだろ？　臼井のこと」

さっき冷たくなっていた体が、また一気に熱くなる。

このままじゃ温度差で、私の体はバリンとガラスのように割れるんじゃないだろうか。

「だから！　私が臼井くんを気にしているのは、その……学級委員長としてだから！」

「はいはい。そうですか」

そんな話をしていたら、十分も経たないうちにヒロミのお弁当は空になっていた。

対して私のお弁当は全然進んでいない。

最後に、ヒロミが私のお弁当の卵焼きをパクっと食べた。

許可なんて取らない。ヒロミが締めに私の卵焼きを食べるのは、いつものことだから。

「ごちそーさま！　卵焼き美味しかった！　じゃあな！」

そう言いながら、ヒロミは立ち上がる。お弁当箱とハンカチを、左手でぐちゃぐちゃに持って。

「え？　もう行くの？」

「あぁ、次、美術だから。早く行って描こうと思って！　今、すげぇ芸術作品が出来そうなんだ」

体育はサボるが、美術は真面目に頑張っているらしい。

でも、そう意外なことではないか……と思った。

ヒロミにしても三バカトリオにしても、寄鳥高校に入学するだけの学力があり、退学にならないように努力する姿勢がある。外見からは判断しづらいが、根っこに真面目さが残っているのは確かだ。

だから昨日、デンくんがあの気持ちの悪い男に向かって言った台詞を聞いて、妙に納得してしまった。

——彼らはこれでも、分別のあるヤンキーなのだと。

実は同じ市内に、もっとヤンキーに向いている高校がある。言うならば、分別のないヤンキーたちが集まるのに相応しい高校が。

それが、穴熊高校。

市内の北に位置するその高校は、噂によれば入試で名前を正しく書ければ誰でも入れるらしいし、学校内でも学校外でも喧嘩し放題だそうだ。

もしヒロミが穴熊高校に行くような怖いヤンキーだったら、友達になれなかっただろう。

金髪の親友を見ながら、そう思った。

ヒロミが本当は優しい子だと、私がこの学校で一番よく知っている。

「せめて私が食べ終わるまで待ってくれたりは……」

「左手しか使えないから、準備に時間がかかるんだよ。あ、そうだ。臼井たちと食べたら？」

「はい!?」

ちょうど、臼井くんが袋いっぱいのパンを抱えて教室に戻ってきた。

しかし臼井くんは三バカトリオにパンを配ると、またどこかへ行ってしまう。

「あれ？　またどこか行っちまったな」

「もう臼井くんはいいから！　一人で食べられます」

「悪いなーシズカ。じゃあ、またな」

ちょっと寂しい。でも楽しそうなヒロミを見ていると、許そうという気持ちになる。

それは入学当初の、何をしていても楽しくなさそうだったヒロミを知っているからだ。

学校に来て楽しそうにしているヒロミを見ると、嬉しい気持ちになる。

——今年も同じクラスになりたかったな……。

ヒロミみたいに何でも話せる友達は、簡単には出来ない。

二年生になったばかりの頃は、何人かの女子に遊びに誘われた。でも、友達と遊ぶことに慣れていない私は、戸惑って断ってしまった。

その結果、彼女たちに『委員長は付き合いが悪い』と思われ、もう誰からも誘われなくなった。

フットワークが重くて付き合いの悪い私。そんな私のことが、私だって嫌いだ。

食べ終わったお弁当を片付けて、次の授業の準備を始める。

次の授業は現代文だ。

お腹いっぱいの昼下がりに、クラスメイトの音読する声を聞くのは眠くなる。しかし授業中は寝たくないから、根性で耐えねばならない……。

そんなことを考えていると、後ろのほうで何かがバサバサと落ちる音がした。続いて、私の後ろの席にいた、吉田さんと木村さんの会話が聞こえる。

「あ、やっちゃった～」

「ちょっと！　もー気をつけてよー」

見ると、私の足元に漫画が落ちていた。他に何冊も、床に落ちている。

私は手の届くところにあった二冊を拾い、後ろの席の吉田さんに声をかけた。

「これ、どうぞ」

「あ、ありがと。委員長」

渡そうとした段階で、初めて表紙をちゃんと見た。

この漫画……表紙で男性が女性を脱がせにかかっている。表紙で脱がせにかかっているということは、本編では脱がせ終わっているのではないか……。

際どいレディースコミックだと気づいて、学級委員長レーダーが反応する。

「あの……うちの学校は校則が緩めだけど、それでもあまり勉強に関係ないものは持ってこないほうがいいんじゃないかな……？　たまに抜き打ちの持ち物検査もあるし……」

わりと自由な校風で有名な寄鳥高校でも、抜き打ちの持ち物検査がある。先生たちは生徒を野放しにしているわけでもないし、学校を無法地帯にする気はないのだ。

こんな漫画を持ってきたことが先生にバレたら、先生も生徒も気まずい思いをするだろう。そう思ってつい心配になったのだが、吉田さんたちは嫌そうな顔をした。

「委員長には関係ないじゃん。いちいちお節介なんですけど」

「だよね。一応私たちも、そういうこと分かっていて持ってきてるわけよ。はっといてくれない？」

「あ……ごめん……」

お節介を焼いた自分が恥ずかしくて、迷惑がられたことが寂しくて、私の気持ちを分かってくれないクラスメイトが腹立たしくて……その場から離れるために席を立つ。

取り敢えず、トイレにでも行って気持ちを落ち着けよう。

教室を出ようとすると、吉田さんたちの声が聞こえてきた。

「委員長さ……無駄に頑張ってる感じが、本当に痛いよね」

「分かる～……正義感振りかざして、自分が一番正しいみたいなとこ、ウザいよね」

「自分じゃもうお節介だって気づかないのかな？　世話好きな自分に酔ってるんだよ。こっちは別にあんたに世話されなくても生活できるっていうのに」

――どうしてこういう声って、他の声に紛れて消えてくれないんだろう。

どう思われていてもいいから、せめて聞こえるところで言ってほしくなかった。

教室を出た私は、トイレとは違う方向に歩き出す。

他に誰もいないところに行きたかった。

誰の声も聞こえないところに、行きたかった……。

昼休みはもう半分以上過ぎた。

いつもなら次の授業の準備をして、のんびりしているはずだったのに……。

誰もいない、校庭の隅っこ。腰の辺りの高さで切り揃えられた木の茂みのそば。そこに隠れるように、私は膝を抱えてしゃがみ込んでいた。

目の前で、青くツヤツヤした葉っぱが揺れている。それを眺めていると、長い溜め息が出た。

校庭には珍しく、昼練をしている運動部の姿もなく、人っ子一人いない。

確かに周りに人がいない場所に来たかったのだけど、孤独すぎて虚しくなる。

空を見たら、悲しくなるくらい青かった。

「私が先生の雑用を進んで引き受けると、『さすが委員長』って調子いいこと言うくせに……」

どうせ誰もいないのだからと思い、声に出して不満を吐き出す。

「面倒事は私に押し付けるけど、私が仕事を振ると嫌な顔するし。いざという時の尻拭いは私がしているのに、普段私が心配するとお節介？　何よそれ……都合良すぎじゃない……」

吐き出して無くそうとしたのに、吐き出した言葉が耳から入ってきて、自分の心に刺さった。

——なんで私……こんな風に思われちゃうのかな……？　私だって、別にしっかりしたくてしているわけじゃないのに……。

みんなが頼ってくるから、学級委員長として頑張っていた。

でも、真面目すぎる私に、本当はみんな迷惑しているみたいだ。

——本当は、私なんかがやらなくてもいいのかな？

そろそろ教室に戻らないと、午後の授業が始まってしまう。

でも、教室に戻りたくない。このまま授業をサボってしまいたい。

そう思うのに……本心とは真逆の優等生心が騒ぎ出す。

サボるなんて言語道断。早く教室に戻るべきだと、私を焦らせる。

サボり慣れてない人間は、いざサボろうとした時、良心の呵責に耐えきれないらしい。

――今、何時だろう。

そう思って制服のポケットを探るが、スマホが入っていなかった。教室に置きっぱなしだ。

仕方なく、校舎の壁についている時計を見ようとして立ち上がり……慌ててしゃがむ。

なんと、近くに臼井くんの姿が見えた。

――な、なんでこんなところに臼井くんが……？

葉っぱの隙間から、そーっと茂みの向こうを覗く。

臼井くんは、辺りをキョロキョロと見回していた。

――落とし物？　それとも誰かを探している？　まさか私を探しているわけないよね……？

こっそり臼井くんの動向を観察していると、急に臼井くんが言った。

「……おい。どこにいるんだ？　用があるならさっさと出てこいよ」

――えっ⁉

心臓が跳ねた。

ここに隠れているのがバレてるのかと思って、汗が出た。

が、ガシャンという音が聞こえてハッとする。

道路に面したフェンスを誰かが登って、校庭にひらりと舞い降りた。

学校に侵入した人物は、黒いパーカーに黒いズボンを着て、黒い靴を履いている。フードを被って、黒のサングラス、黒のマスクをしているから顔はほとんど見えない。手には黒の手袋をしていて、全身黒尽くめ。肌に日の当たる面積がほとんどない。

そんなどこから見ても怪しさ満点の人物が、臼井くんに声をかけた。

「よぉ……久しぶりだな、アキラ。いきなり呼び出して悪かった。たまたま仕事で近くに来たから、お前の顔を見たくなってよ。仕事が始まったら、またしばらく会えなくなるしな……」

その人物は男性の声で、臼井くんの名前を親しげに呼んだ。

「用があるならさっさと言ってよ。学生の休み時間はそんなに長くないんだから」

何事にも動じない臼井くんの声が、ほんの少し、苛立っているように聞こえた。

顔見知りなのだろうか。臼井くんは男の名前も聞かない。

「くくく……授業ねぇ……オトモダチと平和に勉強している日々は楽しいか？」

「楽しいよ。以前の生活よりずっとね」

「そうか……そうやってお前は、最強の力を隠して、この先も生きていくつもりか？」

——最強の……力？

男の言葉に、胸がざわつく。

昨日私を助けてくれた、喧嘩がめっぽう強い臼井くんのビジョンが頭をよぎった。

「お前は選ばれた存在だというのに、欲がないってのは、怖いねぇ……。そういうの、才能の無駄遣いっていうんだぞ？　その力が欲しいと思う人間が、この世界に何人いると思っている？」

「知らないな。それに、興味もない」

「そうかい。だがお前に興味がなくても、その力は最強。それは違いない。もしかしたら周りのオトモダチも……薄々気づいているんじゃないのか？　お前が普通じゃないことに。お前がどんなに隠そうとしても、力は嘘をつかない」

一体、何の話をしているのか。私には分からない。

しかしどうしても気になって、目を凝らし、耳を澄ませる。

「学校なんて、毎日同じことを繰り返すだけだろう？　そんな刺激のない生活に、お前は本当に満足しているのか？」

男は親しげに、臼井くんの肩に手を回した。

「素直になって、戻ってこいよ……こっちの世界に」

だが臼井くんはすぐ、鬱陶しそうに男の手を払いのけた。

「……何度も言ったはずだ。俺はもう、そっちには戻らない」

臼井くんは冷たく突き放したが、男はニヤニヤしている。

「お前も強情だな。……しかし、ボスもまた強情なんだよ。あの人は、まだお前のことを諦めちゃいないようだぜ？」

どうやらこの男にはボスがいるらしい。……ということは、この男の他にも、まだ仲間がいるのだろうか。

黒尽くめの男たちが集まっている様子を想像して、その不穏なイメージに胸騒ぎがした。

——まさか臼井くんもその仲間だったことがあって、何か危ないことを手伝わされていたとか……？

「今度こそ……世界にお前の力を知らしめようぜ？　まぁゆっくり考えてくれ……退屈な授業でも受けながらさ……」

そう言って、男はまたフェンスを登り出した。

たった一歩足をかけただけでてっぺんに登り、向こう側へストッと降りる。スムーズな動きは、ずば抜けた運動神経を感じさせた。

この男が臼井くんの元仲間なら……臼井くんのように、強いのだろうか。

男が学校に背を向けて去っていくのを確認してから、臼井くんが校舎に向かって歩き出した。どうやら、私が近くにいたことは気づかなかったみたいだ。

盗み聞きしていたことがバレなかったことに安堵し、手の平の汗を制服のスカートで拭った。

臼井くんの姿が小さくなる。

そろそろ自分も校舎に戻らないと、授業に遅れてしまうだろう。

やはり、サボるのはやめだ。臼井くんの様子が気になる。

もう他に誰もいないのに、私は足音を立てないようにそっと校舎へと向かった。


午後一番の授業中、私はずっと臼井くんのことを見ていた。

ぼんやりした顔で窓の外を見ている臼井くんを、こっそり見つめながら考える。

――あの男は、世界に力を知らしめようって言っていたよね……。臼井くんの力って、何なの……？

想像がむくむくと膨らんでいく。

もしかしたら臼井くんは昔、表沙汰にできないような危険なことにかかわっていたんじゃないだろうか。特殊な訓練をしていたのなら、喧嘩がめっぽう強いのも理解できる……。

――って、いやいやちょっと落ち着きなさいよ、私。そんな話が現実であるわけないでしょうが。あの怪しい人物と話していたのは……ほら、たぶんゲームの話とかよ。

穏やかに自分に言い聞かせる。

授業も聞かずに、想像を暴走させ過ぎた。あまりにも現実的じゃない。

妄想していたせいで、今、授業がどこまで進んでいるのかも分からなくなっていた。

でも、普段の授業態度が真面目な私が、先生に注意されることはない。

難しい顔をしているのは、授業を真剣に聞いているからだと勝手に解釈してもらえる。

それをいいことに、私の推理が始まった。

——でもなぁ……臼井くんが普通の男子高校生じゃないとしたら、すごく喧嘩が強いことにも簡単に説明がつくんだよね……。

ノートに『最強の力とは？』と書き出しながら、思案する。

臼井くんの喧嘩の強さの秘密が知りたい。そうすれば、臼井くんの最強の力っていうのも分かるかもしれない。そして……臼井くんが危ないことにかかわっているのかどうかも、分かるはずだ。

——素直になれよ。気になってんだろ？　臼井のこと。

急に昼休みにヒロミに言われた台詞を思い出して、私は慌てて教科書に顔をうずめた。

——いや、だから、臼井くんが気になるのは学級委員長としてだから!!

臼井くんに謎が多いからいけないのだ。納得のいく答えが揃えば、臼井くんなんてもう気にならなくなるだろう。

なんとかして、この謎を解き明かしてスッキリしたい……。

そう思った私は、その日の夜遅くまで、この謎について考え続けていた。

おかげで眠れなかったのは言うまでもない。


臼井くんに裏社会の人間疑惑が生まれた日から、一夜明けて。放課後、私は臼井くんの謎を解き明かすために、臼井くんを調査しようとしていた。

臼井くんと三バカトリオが教室を出ていくのを確認し、ひと呼吸おいてから席を立つ。

教室を出ると、臼井くんが三バカトリオの後ろを歩いていく姿が見えた。

恐らく自発的になんだろうけど、三バカトリオの鞄を全部持っている。鞄は合計四個。

中身は大して重そうじゃないが、片手に二個ずつは持ちにくそうだ。

「臼井くんってまだ鞄持ちを続けているんだ……あ、でも、筋トレになるんだっけ？」

思わず独り言を口にすると、臼井くんがふと後ろを振り向いた。

慌てて口を閉じる。

私がつけている気配に気づいたか。

と思ったが、臼井くんはすぐに前を向き直して歩き出す。

ホッとしながら、私もその後を追った。

昨夜、私は臼井くんのことを考え続けていたわけだが、一つ気づいたことがある。それは、臼井くんについて知らないことが多すぎるということだ。

同じクラスになってひと月ちょっと経ったが、臼井くんがどんなところに住んで、どんな暮らしをしているのかも知らない。

だから私は、学校にいる臼井くんとは違う、もっとプライベートな臼井くんのことが知りたくなった。それを知れば、臼井くんの強さの秘密や、あの怪しい男との関係に繋がるヒントを見つけられるかもしれないからだ。

――別に、臼井くんのことをもっと知りたいと思うのは、臼井くんを異性として意識しているからとか、そういうことじゃないの！　学級委員長として、クラスメイトがトラブルに巻き込まれそうになっているなら、ほうっておけないからよ！

誰かに聞かれたわけじゃないのに、頭の中で言い訳をした。

近からず遠からず……尾行するにちょうどいい距離を保って後をつける。

やがて三バカトリオと臼井くんは猫岡沢駅に到着し、そこで別れた。

どうやら三バカトリオはそのままどこかに遊びに行き、臼井くんは家に帰るらしい。

「用事があるから帰るね」

と、臼井くんが言っているのが聞こえた。

私がいつも使うのとは逆のホームへ、臼井くんが一人で歩いていく。

……もちろん私も、迷わずそちらに歩いていく。

　このままついていったら、臼井くんの自宅に到着するだろうか。いや、用事があると言っていたし、あの怪しい人物に会いに行く可能性もある。

　緊張で胸をそわそわさせながら、臼井くんが乗った車両の、隣の車両に乗車。乗車するとすぐに、電車の連結部分の窓から臼井くんの姿を確認した。

　臼井くんは乗ったドアのすぐそばに立っていて、流れていく景色をぼんやりと眺めている。

　そして猫岡沢駅から二駅過ぎ、犬沼（いぬぬま）駅に電車が到着。

　臼井くんが下車するのを見て、私も下車した。

　臼井くんを見失わないように気をつけながら、気づかれないように距離を取って歩く。

　犬沼駅で降りるのは初めてだ。犬沼駅は猫岡沢駅や私の最寄り駅より小さな駅で、駅前のロータリーを抜けるとすぐに商店街。そしてその先には住宅街が広がっていた。

　全然土地勘がないから、落ち着かない。

　周囲をキョロキョロしながら臼井くんを追うと、臼井くんは住宅街に入り、やがてごく普通の一軒家に入っていった。

　どうやら、このねずみ色の屋根の家が臼井くんの自宅らしい。

　結局臼井くんは、まっすぐ家に帰ってしまった。怪しい人物に会う予定じゃなかったのか……。

――……って、私がやっていること、ストーカーと一緒⁉

思いつきで行動して、臼井くんの自宅を特定してしまった。

途中で気づかれて「何してるの？」と聞かれたらどう答えるつもりだったのか。

自分の行いが恥ずかしくて、顔から火が出そうだ。

――あぁ何しているんだろう……私。帰ろう……。

こっそり誰にも気づかれないうちに帰ろうとしたその時、臼井くんの家のドアが開いて、ジャージ姿の臼井くんが出てきた。

私は電柱の陰に急いで隠れる。

幸い、臼井くんは私がいるのとは逆方向へと走っていった……。

「ジャージに着替えて、どこに行くんだろう……？」

電柱の陰から、臼井くんの走っていく姿を見送る。

さすがに後をついていくのは無理そうだ。

「まさか……今から何かあるのかな……？」

「――そうよね。何があるのかしらね？　ちょっと変だと思わない？」

「そうですね……学校から帰って、すぐに着替えて、走って出かけてすることって一体……え⁉」

途中から、私の独り言に誰かが参戦していた。

　驚いて振り向くと、買い物袋を腕から下げた、うちのお母さんと同い歳くらいの綺麗な女性が微笑んでいる。整ったそのお顔のパーツが、どことなく臼井くんに似ている気がして、全身から汗が噴き出した。

「あ、あ、あの……もしかして、臼井……アキラくんの、お母さん……ですか？」

「はい。それであなたは……アキラのお友達かしら？　同じ学校の制服よね？」

「は、はい……！　私は、大槻シズカって言います。アキラくんのクラスの学級委員長で……ええっと……」

　一体なんと説明すればいいのか。

　どう説明してもストーカーと勘違いされそうで焦る。いや、やっていることはストーカーと変わらないので弁解のしようがない。

「えっと……アキラくんにちょっと言いたいことがあって、追いかけてきたらここまで来てしまったんですが……また今度にします」

「ふふっ。そう？　分かったわ」

　歯切れの悪い言い訳をしたのだが、臼井くんのお母さんは小さく笑って納得してくれた。

　納得してくれてホッとしたが、臼井くんのお母さんがとてもいい笑顔で見つめてくるので汗が止まらない。

　もしかしてこれって……告白しに来たように見えているんじゃ……？

「――ねぇ、アキラって、学校ではどんな感じなのか聞いてもいい？」

私が心の中までびっしょりになりそうな汗をかいていると、ふと、臼井くんのお母さんに尋ねられた。

「あの子、表情が薄いし、感情もあまり表に出さないから、友達によく誤解されやすいのよね……。母親の私から見ても、何を考えているのか分からない時が多いし……」

そう口にする臼井くんのお母さんの顔は微笑んでいるが、臼井くんを心配する気持ちが滲んでいた。

「部活に入らずにすぐに家に帰ってきて、ほぼ毎日あやってどこかに走っていっちゃうし。部屋にはサバイバル関係の本とか護身術の本とか、おかしな本ばかりあるし……。あの子、少し変わったところがあるから、学校で楽しくやれているのかたまに心配になっちゃうの。友達いるのかな……とかね」

心配そうな臼井くんのお母さんを見ていたら、私は急に、臼井くんのお母さんを安心させたい気持ちになった。

「アキラくんには……友達がいますよ」

「え？　本当に？」

私の言葉に、臼井くんのお母さんが目を丸くした。

友達がいると分かっただけでこの驚きよう。きっと臼井くんは、学校であったことをあまりお母さんに話さないタイプなのだろう。

　私は臼井くんのお母さんをもっと安心させてあげたくて、学校での臼井くんのことを話してあげた。

「はい。いつも一緒にいる友達が三人います。アキラくんはあまり喋らないですけど、ちゃんと友達に自分の気持ちを伝えていると思います。何を考えているか分からない時もありますけど、アキラくんなりにいろいろ考えているんだろうなって、感じます」

「そっか……ありがとう。大槻さん、アキラのことをよく見てくれているのね……」

　ドキッとした。

「あ、いえ、その……私は、学級委員長なので!!」

「ふふっ。こんなにしっかりした学級委員長さんがいて、大槻さんのクラスメイトは幸せね」

　臼井くんに似た顔で微笑まれて、胸のドキドキが止まらなくなる。

　私が学級委員長でクラスメイトが幸せかどうかは分からないけど、臼井くんのお母さんの言葉は嬉しかった。

「あの……今日、私がここまで来たこと、アキラくんには内緒にしてもらえませんか？　ちょっと、恥ずかしくて……」

「うん。分かったわ。内緒にするって約束します」

「ありがとうございます！　では、失礼します……」

一礼して、駅に向かって走る。

臼井くんのお母さんに会って、話して、気持ちが変に昂ぶっていた。

――臼井くんは、毎日どこに走っていくのだろうか？

親にも分からない、謎の行動を取る臼井くん。

きっと臼井くんが謎の人物と交流があることも、お母さんは知らないのだろう。

それは、親にも言えない秘密があるってことなのか。

「あぁぁぁもう！　臼井くんは何者なのよ!?　あんなにお母さんを心配させながら、何をしているのよー!?」

走りながら、堪えきれなくなった気持ちが口から出てきた。

どんなに走ったたって心のモヤモヤは減らないし、減るのは体力だけ。臼井くんの心配も解消されないし、脚には乳酸が溜まる。

……犬沼駅に着く頃には、私は息切れを起こして歩いていた。

そろそろ日が傾いてきた。

自分の家に帰り着く頃には、日が落ちて暗くなっているだろう。

――臼井くんに直接聞いたら、答えてくれるかな……？

どうしてあなたはそんなに喧嘩が強いんですか？

最強の力って何ですか？

あなたは一体、何者なんですか？

自分の家のほうに向かって走り出す電車で、横に流れていく景色を見ながら、私はやはり臼井くんのことばかり考えていた。


翌日の放課後。

既にホームルームが終わっているのに、私は自分の席から動かず、ボンヤリしていた。

教室にいるクラスメイトは、十人くらい。他のみんなは、きっと部活に行ったり遊びに行ったりしているのだろう。

私は悩んでいた。頭の中は、ずっと臼井くんのことでいっぱいだ。

臼井くんに、あの怪しい人物について聞きたい。でも、ちょっと聞くのが怖い気もする。

だって臼井くんにまで、余計なお節介だって言われたくない……。

前にクラスメイトに言われたことが、まだ胸に刺さったままだった。

——もっと気軽に、臼井くんと話ができたら良かったのにな……。

気になったその時にパッと聞ければいいのに。フットワークが重いし、いちいち仰々しい感じがする自分が、本当に面倒くさいと思った。

「――なんか悩んでんの？　委員長」

「へ？」

いきなり話しかけられて、ハッとする。

顔を上げると、机の前に三バカトリオが立っていて、私を見下ろしていた。

話しかけてきたのは、デンくんだ。

「なんかいつもより暗いじゃん？」

「もしかして……心配してくれているの？」

私がそう言うと、デンくんは慌てた。

「バッ……そんなんじゃねーし」

頭をガリガリ掻き始めたデンくんの腕のあたりを、キュウくんが指でツンツン突っつく。

「デンはさー委員長のこと意外とよく見てるんだぞー」

「はあ!?　勝手なこと言うんじゃねーよ！　キュウ！」

キュウくんの言葉を聞いて、ノンくんがうんうんと頷いた。

「デンが気にかける女子なんて、委員長と荒木ヒロミぐらいなんだな」

「うるっせーんだよ！　ノンまで！」

デンくんをからかっている、キュウくんとノンくん。

三人のやり取りを見ていたら、笑いがこみ上げてきた。

「三人は、いつも仲良しでいいね」

私がそう言うと、三バカトリオは揃って恥ずかしそうに黙った。

――そう言えば、臼井くんはこの三人と友達なんだよね……？　ってことは、臼井くんは三人に何か相談したりしているのかな……？

以前は臼井くんをパシっていたとはいえ、臼井くんとずっと一緒にいたことに違いない。

もしかしたら本人に言われていなくても、臼井くんの秘密に気づいている可能性もある。

勇気を出して、三バカトリオに聞いてみた。

「あの……臼井くんって、最近何かあった感じする？」

周りのクラスメイトに聞かれないように、ちょっと小声で言う。

すると、三バカトリオは首を傾げた。

「え？　アキラ？　いつも通りだよな？」

と、デンくん。

「相変わらず……だよなー？」

と、キュウくん。

「俺たちの買い物に率先して行くし、鞄も持つし、趣味がパシリなのも変わらないんだな」

と、ノンくん。

三人は何も知らないらしい。

「アキラに何かあったのか？」

黙ってしまった私に、デンくんが聞く。

このまま三バカトリオに相談したら、解決できるのだろうか。でもまた、一人で空回りしているだけだったら恥ずかしいし……。

悩んだ末に、首を小さく横に振った。

「……何でもない」

自分から臼井くんのことを聞いたのに、なんとも酷い返事だと思った。

――気を悪くしたかな……？

そう思ってデンくんの顔色を窺うが、デンくんはいつも通りの顔をしていた。

「……よく分かんねぇけど、何か心配なら本人に直接聞けばいいんじゃね？」

デンくんから思わぬ返答が来て、ちょっと焦った。

「……いや、でも、私なんかが心配しても迷惑になるだけかもしれないし……」

「別に、迷惑そうだったらそこで、『そっかごめん』とでも言っとけば良いんじゃねーの？」

「え？」

「でもそもそもアキラはさぁ……心配されたら迷惑なんて、考えるような奴じゃねぇよ」

「だよなー」

「平気なら平気って言うだけだな」

デンくんの言葉に、キュウくんとノンくんが順番に賛同する。

急に心が軽くなった気がした。三人の気持ちが嬉しくて、頬が緩む。

私はまた、考えすぎていたのかもしれない。

「ありがとう……。なんか、勇気出た」

「お、おう……」

私がお礼を言うと、三バカトリオがソワソワした。

臼井くんが言っていた通り、三バカトリオって悪い奴らじゃないみたいだ。

「ねぇ、臼井くんがどこにいるか知ってる？」

「美化委員の仕事で、花壇の草むしりするって言ってたぞ？」

「ありがとう！　デンくん。キュウくんもノンくんも、ありがとう！」

三人にもう一度お礼を言い、私は鞄を持って教室を飛び出した。

――もう迷わない。……気になること全部、臼井くんに聞いてやる！

そう、心に決めて。


グラウンドに面した校庭の花壇。そこでジャージ姿の臼井くんが、軍手をして草むしりをしていた。ちなみに他に草むしりをしている生徒の姿はない。

グラウンドでは、サッカー部と野球部の先輩が何やら言い争っている。

どうやら校庭の一部が整備中で使えず、練習場所を巡って喧嘩(けんか)しているらしい。……野球部がいつもより花壇に近いところで練習しているなと思ったが、そういうことか。

臼井(うすい)くんはまだこちらに気づいていない。無心になって草をむしっているように見える。

この広い花壇を、一人で綺麗(きれい)にするつもりだろうか。

私なら協力者がいないことにイライラしてしまいそうだが、臼井くんからはそんな怒りを感じない。淡々と、仕事をこなしている。

――そうだよね……臼井くんはボーっとしているように見えることが多いけど、手を抜くようなことはしない。いつだって、真面目に頑張る人だよね……。

草むしりに集中している臼井くんは、私が近くまで来ても気づかない。

だから、思いきって声をかけた。

「あの……臼井くん！」

「……委員長？　どうしたの？」

ようやく草から目を離して、臼井くんがぼんやりした顔で私を見た。

チャンスだ。

どう切り出そうか考えて、緊張した。胸がドキドキして、喉が痒(かゆ)くなる。

もう細かいことを気にするのはやめよう。単刀直入に聞こう。

一回、ゆっくり息を吸って、吐いた。

そして……臼井くんに言った。

「あの……実は、昨日、臼井くんが怪しい人と話をしているのを聞いちゃったんだ！　臼井くんが、最強の力を持ってるとか！　ボスが臼井くんの力を世界に知らしめるために、臼井くんが戻ってくるのを待ってるとか!!」

ドキドキして気持ち悪い。

どんな返答が帰ってくるのか分からなくて、怖い。

それでもじっと返事を待っていると、臼井くんはゆっくりと立ち上がって、右手の軍手を外した。

「……聞いちゃったの？」

軍手に付いた泥を払いながら、臼井くんが言う。

「ごめん……たまたま、近くにいて」

「はぁ……参ったな。あんな話……学校の誰にも聞かれたくなかったのに……」

臼井くんのこんな嫌そうな顔を見るのは、初めてだった。

緊張で手が冷たくなっていく……。

「ごめん……知らない振りしなくちゃいけないかもって、ずっと悩んでいたんだ。でも、なんか心配になっちゃって……。臼井くんがビックリするぐらい強いのは知っていたけど、まさか犯罪組織と関わりがあるなんて思わなかったから……！」

　私がそう言うと、臼井くんがきょとんとした顔で、持っていた軍手をポロッと落とした。

「……え？　犯罪組織？」

　その表情から、察した。……どうやら、全然違ったみたいだ。

「えっと……違った？」

「うん……さすがに、犯罪組織との関わりは……ないよ？」

　カァァッと体が熱くなる。

　恥ずかしすぎて、今すぐ花壇を掘って埋まりたかった。

「ごめん……！　ごめんね!!　本当にごめん!!　私、なんて失礼なことを……!!」

　よく考えると、臼井くんを犯罪者扱いしているのと同じ発言だった。

　申し訳なくてひたすら謝ると、臼井くんが言う。

「まぁでも、あんな怪しい奴と一緒にいたら、心配になるよね。変な言い方するし。あいつ、もう二十歳を超えているのにまだ中二病が治ってないんだよ」

　残念なことに、私も人のことを言えない気がした。

「じゃあ、最強の力っていうのは……？」

「あの………あれは、その、ジャンケンの話……」

　臼井くんが、言いづらそうに言った。

「………ジャン……ケン？」

「実は俺……ジャンケンで負けたことないんだ」

「え……？」

――……ちょっと、どこから驚いていいのか分からなくなってきた。

私の困惑が伝わったのか、臼井くんも気まずそうにしている。

「俺、小さい頃からジャンケンが異常に強くて、ジャンケンで勝てば賞金や賞品が貰えるイベントにたくさん出場させられてさ……」

「うん……」

「学校休まされて、色んなとこに行ったよ。全国各地のジャンケン大会は、小学生の時に出禁になった。偉い人の誕生日パーティーでやるジャンケン大会は、豪華な賞品が貰えたけど、場違い感が凄くてイヤだったな……。あと、ジャンケンに勝つとアーティストのグッズやサインが貰えるライブにも行ったっけ。『またお前か……』って顔で見られて、本当に恥ずかしかったよ……」

そう語る臼井くんには、悲愴感が漂っていた。

「ほ、本当に強いんだね……」

「必勝法があるとかじゃないんだよ。勝とうとしなくても勝っちゃうから、あえて負けるのもできない。それで今度は、俺をジャンケンの世界大会に出場させたいみたいなんだよね……」

「出場させたいって……えっと……今日学校に来た怪しい人が？」

「あ、そういえばまだ言ってなかったね。あの怪しいのは、俺の兄貴なんだ」

「え!?　お兄さん!?」

臼井くんにお兄さんがいたなんて、初耳である。

まぁ、同じクラスになったのも今年が初めてだし、私は臼井くんについては知らないことばかりなんだけど……。

「日光アレルギーだから、日焼け対策でいつもあんな怪しい格好（かっこう）しているんだよね。肌弱いのは知っているから、しょうがないって分かるんだけど、あの格好でわざわざ学校に来て話しかけてほしくない」

「そ、そっか……アレルギー……大変だね。じゃあ、ボスっていうのは……？」

「ボスっていうのは……親戚のおじさん。缶コーヒーのイラストに似ているから、小さい頃からボスって呼んでるんだよ。そのおじさんが賞金稼ぎの為（ため）に、俺をイベントに連れ回していたんだ。兄貴はそれが楽しいみたいで、毎回ついてきた」

「なるほど……」

臼井くんの最強の力とは、ジャンケンで無敗の力だと分かった。

そして臼井くんは普通じゃない男子高校生ではなく、普通の男子高校生だった。

――やっぱり、私が勝手に心配していただけだったな……。

しかも勝手に非現実的な大ごとだと思い込んでいて、とても恥ずかしい。

「ごめんなさい……私、また余計なお節介をしちゃった」

なんかもう、自分でも笑うしかなかった。

「え？　いや、あんな怪しい人と学校で喋っているのを見たら、誰でも気になるよ」

優しい臼井くんは、私を気遣ってくれる。

「そんな気を遣わなくていいよ。私、いつも余計な心配ばかりしちゃって、みんなからよく面倒くさいって思われているんだ。……だから、本当にごめんね！」

空回りばっかりしている自分がアホらしかった。

早くここから立ち去りたくて、臼井くんにかける言葉を考える。

でもそこで、誰かの鋭い声がした。

「――危ない!!」

反射的に声の方を見る。

すると、宙に浮いている野球ボールが見えた。

……違う、浮いているんじゃない。こっちに向かって飛んできているんだ。

まったく動けない私の顔に、ボールが迫ってくる。背筋に冷たいものが走った。

――あ、これ、当たったら骨折れるやつ……？

体は動かないくせに、思考だけは動いた。
このままじゃ、直撃する――――。
そう考えた時だった。
横に勢いよく引っ張られ、迫ってきたボールの位置がズレた。
ボールが顔面直撃コースから外れる。
だが、回避できない。このままじゃ、当たる…………!?
――すると次の瞬間、泥で汚れた軍手がボールに伸びて、掴んだ。
ボールを捕ったのは、臼井くんだ。
「あ……」
私の頭の上で、臼井くんの短い声がした。
同時に私の体が斜めになり、うつ伏せに倒れ込んだ。
「わ……！」
転んだ……と思ったが、痛くない。
私が倒れ込んだ地面は温かくて、呼吸をしていた。
「……ごめん。ボールの勢いに引っ張られた……」
私の下で大きく胸を上下させているのは、臼井くんだった。
臼井くんの右手は、臼井くんの上にうつ伏せになった私の背中に回されている。そして軍手をしている左手が、野球ボールを握っていた。

——私、臼井くんにまた、助けられたみたいだ……。

「……ありがとう。ごめん……」

ボールが当たらずに済んでホッとしていると、臼井くんが言った。

「あの、それよりさ……俺、委員長は自分が思ったことを行動に移せる凄い人だと思う」

「え……？」

何の話をされたか分からず、聞き返してしまった。

すると、地面に倒れ込んだ体勢のまま、臼井くんが続ける。

「世の中の大半の人間は、思ってもやらないいんだ。誰かを心配に思っても、何もしない。こうした方が良いってアイディアがあっても、何もしない。だから、心配だと思った時に動ける委員長は、凄い人だよ……」

そういえばさっき、臼井くんに自分のお節介さを謝っていたんだっけ。

慰めてくれる臼井くんの優しさと、自分のことを認めてもらえたことが嬉しくて、胸にじわっと温かいものが広がる。

「でも……私、無駄なことばかりしてないかな……？」

「……俺は委員長の気持ちが分かるよ」

「え？　なんで……？」

「似てるからさ……。俺……すごく心配性なんだ」

「臼井くんも？」

「うん。学校で勉強している時に、不審者が侵入して暴れたらどうしようって本気で悩むタイプなんだ。だから不審者の撃退法とか、護身術について調べて、簡単にやられないように体を鍛えてる。それで喧嘩も強くなっていたみたいなんだよね……」

臼井くんが、そんなことを考えていたなんて知らなかった。

不審者に遭遇するのが不安で、不審者と戦うことを想定して鍛えた結果、先日私を連れ去ろうとした男を秒殺できるくらい強くなったというのか。驚いた。

「それ……なかなか実行に移せる人いないよね……」

そういう想像をする人は多いだろう。でも、実際に対策する人が何人いることか。

さらに臼井くんが言う。

「今だって、向こうで練習している野球部の球が飛んできたらどうしようって、ずっと考えていたから動けた。何も起こらない確率の方が高くたって、役に立つ時もある……」

臼井くんがどんな顔をしているのかが気になって、顔を上げる。

すると臼井くんはこちらを見て、優しく微笑んでいた。

「良かった……委員長に当たらなくて」

臼井くんのその顔を見た瞬間、ぎゅううっと胸が締め付けられるような感覚に襲われた。

――何これ？　臼井くんってこんな顔するの⁉

顔が熱い。

私は恥ずかしくなって全然違う方向を見て、そこで固まった。

二十五メートルほど離れたところに、こちらの様子を窺いながらおろおろしている、野球部員二人の姿が見えた。

そして唐突に、自分がどんな体勢でいるのかを思い出した……。

「あ、あ、あ、あの……！　そ、そろそろ放してもらっても……大丈夫かも」

「え？」

「や、野球部の人が……こっち見てるから……」

「あ……！　ごめん‼」

臼井くんが赤くなって体を起こし、私が立ち上がるのを手伝いながら自分も立ち上がった。

臼井くんが持っていたボールを野球部員に向かって投げる。

ヒュッというい音と共に、ボールが野球部員のところへまっすぐ飛んでいった。

ボールを捕った野球部員が、帽子を取って頭を下げ、仲間のもとに戻っていく。

それを見送ってから、臼井くんが言った。

「ごめん。自分がどういう体勢でいるか、忘れてて……」

「ううん。大丈夫！　正直、私もしばらく忘れてて……」

心臓がドキドキしている。

最近ドキドキしすぎているから、寿命が縮んでいるかもしれない。生物が一生のうちに打つ鼓動の数は、決まっているらしいし……。

「もうそろそろ下校時間になるから、美化委員の仕事は終わりにしようかな」

おもむろに臼井くんが言った。

「片付け、手伝おうか？」

「ううん。大丈夫。ありがとう」

臼井くんが雑草の入ったゴミ袋をまとめ、地面に落としていた軍手を一つ拾い上げる。

「じゃあ……」

短く別れの挨拶をして、臼井くんが歩き出した。

行ってしまう。

そう思った瞬間、何をすべきか考えるより先に体が動いた。

——気がつけば私は臼井くんのジャージの裾を掴(つか)んでいて、臼井くんを引き留(と)めていた。

「えっと……何？」

「あ、いや、えっと、えっと……」

「うん？」

「あの……本当に、ありがとう……。ボールから助けてくれたのもそうだけど……さっきの言葉、すごく嬉しかった！」

私は早口にそう言って、臼井くんの顔も見ずに走り出した。

「美化委員の仕事、お疲れ様！」

最後にそう叫ぶ。

恥ずかしくて、臼井くんがどんな顔をしているのか、もう確認できなかった。

ちょうど下校時間のチャイムが鳴って、部員たちを集合させるホイッスルがあちこちで響く。きっとこれから、帰宅しようとする生徒たちで校門近くが賑わうだろう。

走ったまま家まで帰りたかったが、校門までが限界だった。そこでスピードを緩め、荒い息を整えながら歩く。

肺が痛くなるくらい走った。

心臓がはち切れそうなくらいにドキドキしている。

でも、心臓がドキドキしているのは走ったからじゃない。別に原因があるって気づいてしまった。

――ダメだ。私……臼井くんが好きかもしれない。

臼井くんの胸の温かさ。背中に回された逞しい腕。優しく慰めてくれた声。

そのどれもが、私の心を揺さぶる。

片づけをしに行こうとした臼井くんを見て、思わず引き留めてしまった。

その時私の心にあったのは間違いなく、もっと一緒にいたいって気持ちだった。

四月に出会った頃は、臼井くんがヤンキーにパシられているのがただ心配だっただけなのに。委員長として放っておけないって思っただけで、それ以外の気持ちはなかったのに。

路地裏で臼井くんに助けられて、臼井くんの格好いい一面を知ってしまって、いつの間にか臼井くんのことばかり考えていて、臼井くんを目で追うようになっていた。

そんな臼井くんが、私の悩みを理解してくれた。気持ちを分かってくれた。

それが誰に理解されるより嬉しくて……同時に胸が切なくなる。

臼井くんに二度も守られて、臼井くんの優しさに触れて、こんなにドキドキしているのに、委員長として気になるだけなんて言い訳はもう通用しない。

もう認めなくちゃいけない。

路地裏で臼井くんに助けられた時から、きっと私は臼井くんに心惹かれていた。臼井くんの秘密を解き明かしたかったのも、好きだったからなんだ。

──臼井くんが……好きだよ……。

苦しいくらいに気持ちが溢れてきて、涙が出そうだった。

こんな気持ちになるのは、生まれて初めてだ。

私と勝負よ臼井くん!!
ばーん!!
野球拳で!!
!? え…俺がジャンケン負けないって知ってるよね…!?
私もジャンケンには自信があるの！臼井くんには負けないんだから!!
数分後…
お願いだから委員長…
もう…諦めて…？
はぁ
まだ私は負けてない…っ最後の一枚まで戦うよ!!
はぁ
さあいくよ！ジャンケン——
いや待って
それ以上は本当に…!!
ガバアッ
チュンチュン
……
夢か……
パシられ陰キャがめちゃくちゃホッとした件

第三章　パシられ陰キャに、恋をしていた件

◆

朝の七時過ぎ。

まだ朝練に来る生徒も少ない時間に、俺は教室に向かっていた。

通り過ぎる教室には、誰の気配もなかった。

だからきっと、自分のクラスにも誰もいないだろう……そう思いながら、教室のドアを開けた。

「わ！　う、臼井（うすい）くん!?　早いね！」

いや、いた。

俺を見て跳び上がりそうになったのは、委員長だった。

ふと、先週どさくさに紛れて委員長を抱きしめてしまったことを思い出す。

ちょっと照れ臭かった。

「おはよう……委員長こそ、早いね」

「お、おはよう……。うん、早く起きた日は、早く学校に来るようにしているんだ。家にいても、やることないし」

さすが委員長。用がなければ時間ギリギリまで寝ている俺とは違う。

「臼井くんは、どうしたの？　いつももっと遅くに来るイメージがあったけど……」

「数学の宿題のプリントを机に忘れちゃって。それをやるために早く来たんだ」

「あ、先週配られたやつか。じゃあ、急がないとだね」

一つ頷いて見せて、自分の机に向かった。

委員長の言う通り、早く宿題を終わらせなくちゃいけない。

でも、委員長のしていることが気になった。委員長はみんなの机を綺麗に並べ直し、床の掃き掃除をしている。学級委員の仕事に、そんなものはなかったはずだが……。

「それ、いつもやってるの？」

急に話しかけてしまったせいで、委員長がまたビクッとした。

「え？」

「その……机を綺麗に並べ直したりとか、ゴミ集めたりとか……」

「あぁ……早く来た日だけ、ね。どうせみんなが登校して来たらぐちゃぐちゃになっていくんだけど、なんとなく……最初くらいピシッと整っていたほうが、気持ちがいいかなーって」

誰にも見えないところで、褒められようともせず、委員長はこういうことを自然とやってのける。

委員長は自分が変な心配ばかりしてしまうのを気にしていたけど、ただ単に、いろんなことに気がつきやすいんだなと思った。

俺は席に着いて、委員長と綺麗になっていく教室をぼんやり眺める。

——羨ましいな。

委員長を見ていて、ふとそんな気持ちになった。

二年生になって委員長と同じクラスになってから、たびたびこの感情を抱く。

いつも感情豊かで、何事にも一生懸命な委員長に……俺は憧れていた。

俺は生まれつき、感情が表に出ないタイプの人間だった。喜びも怒りも悲しみも人並みに感じているつもりだが、どうにもそれが周囲に伝わりにくい。感情表現が苦手だったのだ。

そのせいで、小学生の頃から周囲の人間に気味悪がられ、距離を置かれていた。人と関わる機会が減ったことで、俺はますます感情表現の必要性を感じなくなった。そして、自分を変えようと思わずにここまで来てしまった。

何を考えているか分からない。

そう、何度言われたか分からない。

何を考えているかというと、いろいろなことを心配して、ひたすら対策を考えていた。

でも、他人への興味も薄かった俺は、それをいちいち説明する気になれなかった。

——まぁ、いっか。何も考えていない人間として、生きてしまえばいい。

人に避けられても、周囲と馴染めなくても、全部それで済ませてしまった。

その時、寂しいとか辛いとか思わなかった自分は、やはり人より感情というものが薄かったのかもしれない。

……そんな俺の心が、最近よく動く。

羨ましいという感情も、最近になって初めて感じたものだ。

毎日誰かの世話を焼いている委員長に、目が奪われる。

委員長を見ていると楽しい気持ちになった。喜怒哀楽が顔に出やすくて、表情がくるく

ると変わるから見ていて飽きない。ずっと見ていたくなる。

——委員長は凄い人だ。羨ましい。俺も……あんな風になれたらいいのに。

自分を変えようと思わなかった俺が、自分を変えられたらいいなと思い始めている。

……そう思えるようになったのは、委員長のおかげだ。

ふと、委員長がこちらを振り向いた。

俺の視線に気づいたらしい。

「えっと……何かあった？」

勝手にじっと見ていたから、困らせてしまったようだ。委員長が苦笑いしている。

「いや、何でもない……」

どうして見ていたかなんて、本人には絶対に説明できない。

俺はすぐに委員長から視線を外して、体の動きを止めた。

――あれ？　俺、何しにこんな早くに学校に来たんだっけ？

「臼井くん、早く数学のプリントやらないと時間なくなっちゃうよ？　それ、意外と面倒くさいから」

委員長の言葉を聞いて思い出す。……そうだ、プリントをやりに来たんだった。

机の中からプリントを四枚取り出す。

そして、一枚目の紙に自分の名前を書いて、問題を解き始めた。

委員長は面倒くさいと言っていたけど、そんな印象は受けない。後半の問題が面倒くさいのだろうか……。

「え……臼井くん、解くの速い……」

気がつくと机の近くに委員長が来ていて、書き途中のプリントを覗き込んでいた。

二つにしばられている委員長の髪が揺れて、毛先が机を撫でている。

「臼井くん、数学得意なんだ……いいな。私、理数系がほんっとうにダメだから」

委員長が微笑む。と同時に柔らかい、いい匂いを感じた。

先日、委員長と密着してしまうことがあったが、必死過ぎて匂いまで意識したことはなかった。香りを感じるのは初めてで戸惑う。

「でも、なんでプリントが四枚あるの？」

委員長の言葉に、俺のシャーペンが止まった。

正直に言えば怒られる。でも、正直に言わなくても怒られる気がした。

「三バカトリオの分……」

「あぁもう！　あいつら！　案外いいとこあるじゃんって、最近ちょっと見直したばかりだったのに！　まだ臼井くんをパシリにしているなんて！」

「あ、でも、無理矢理やらされてるわけじゃなくて……」

「そういう話じゃないでしょ!?　宿題は自分でやらなきゃ意味がないじゃない!?　臼井くんも、引き受けちゃダメだよ！」

さっきまでの穏やかな表情から一変して、委員長は真面目で厳しい表情になる。

委員長は、宿題が自分のためになると思ってやっているんだろう。だから、宿題を自分でやらない三バカトリオをズルいと言いたいんじゃなくて、それじゃあ三バカトリオのためにならないと心配しているのが伝わってきた。

本当に委員長は、真面目でいい人だ。

その善意をうまく受け取れない人もいるし、委員長のような考えを受け入れられない人がいるのは、俺も仕方ないと思う。

だけど少なくとも俺は……委員長のそういうところを気に入っていた。

八時過ぎになって。

クラスメイトが次々に登校し、教室の人口密度が上がっていく。

俺の席の周りには、いつのまにか三バカトリオが来ていて、昨日行ったゲームセンターの話をしていた。

忘れないうちに数学のプリントを渡さないと。

そう思って、デンくんに話しかける。

「デンくん。数学のプリント、出来たよ」

「おぉ！　さすがアキラ！　で、うまく力加減してあるんだよな？」

「うん……」

俺が普通に解くと、満点を取ってしまう。だから、デンくんとキュウくんとノンくんの分は、わざと誤答を混ぜる。しかも、三人の誤答が被らないように調整。

……朝、そんなことをしていたら、委員長は俺を完全に呆れた目で見ていた。

――そう言えば……今、委員長は何をしているんだろう？

なんとなく気になって、教室を見渡す。

いない。どこかで先生に用事を頼まれているのだろうか。

探すのをやめようとしたその時、委員長が急ぎ足で教室に入ってきた。まだ始業時間までには時間があるのに、どうも慌ただしい。

しかも委員長は、教室に入るとクラスメイトに小声で何かを言って回っている。そして委員長の話を聞いたクラスメイトが、慌てて自分の席に戻って何かをしている。

みんなの慌てる気配に気づいて、デンくんが言った。そこに委員長がやってくる。

「ん？　なんだ？」

「今日、持ち物検査があるみたい」

小さな声で言って、他のクラスメイトにも告げに行く。

「……委員長って変な奴(やつ)だよな。間違ったこと大嫌いな優等生なんだから、クラスメイトが摘発されるのを見て笑ってりゃいいのに」

デンくんがボソッと言った。

「……委員長は、間違ったことが嫌いだけど、それは全部、クラスメイトが怪我(けが)しないようにするためとか、先生に目をつけられないようにするためとか、クラスのみんなのためを言ってるんだよ。クラスメイトの不利益になるようなことを、委員長はしない」

俺がそう言うと、デンくんが驚いたような顔をした。

「……なんかアキラ、最近よく喋(しゃべ)るよな……」

「え？　そう？」

「昔はもっと無口だっただろ？　路地裏で委員長助けたあたりから、自分が思ってること話すようになってんじゃん？　まぁ俺はいいことだと思うけど」

——やっぱり俺、変わってきた……？

デンくんにも分かるくらい変わっているのだ。

それはつまり、俺にとっては相当大きな変化。そしてこれはきっと……委員長のおかげ。

「……それより三バカトリオは、持ち物検査の対策しなくていいの？」

ふと思い出して、三バカトリオに言った。

「あ！」

三人が声を揃えて叫び、慌てて席に戻っていく。

ほとんどのクラスメイトは心の準備を終え、席でまったりしていた。

そこで担任の矢口先生がやってきた。後ろには、持ち物検査担当の厳しそうな女性教師がいる。

「はーい、みなさーん！　静粛にして席に着いてくださーい」

矢口先生がいつも通り、のどかな声で告げた。

「毎度お馴染み、抜き打ち持ち物検査の時間でーす」

先生の声を聞いて慌てているのは、もう三バカトリオだけだった。

◇

いつも突然行われる持ち物検査が終わり、私は平和を取り戻した教室を眺めていた。

今日怒られたのは三バカトリオのみ。

水着の女性が表紙を飾っている怪しい雑誌を没収されて、ウチのクラスの持ち物検査は終わった。他のクラスメイトは各々の隠し場所に大事な物を潜ませ、難を逃れたようだ。

まさか先生たちも、優等生代表みたいな私が情報を流すとは思っていないのだろう。だから職員室に来た私の前で、平然と持ち物検査の予定を話している。

――私は怒られているクラスメイトを見たくないし、そのせいで授業が遅れるのも嫌だから言っちゃうけどね。まぁ、これすらもクラスメイトにとってはお節介なのかな……。

そう思って溜め息をついた時、背中をつんつんと突かれた。

後ろを振り返ると、吉田さんが私をじっと見ている。

前に漫画のことで注意してしまい、嫌な顔をされたのを思い出して気まずくなった。

――また、嫌味を言われちゃうのかな……？

反射的に身構える。

でも吉田さんは嫌な顔なんてせず、はにかみながら笑って言った。

「委員長。持ち物検査、教えてくれてありがとね。あと……この間はごめん。せっかく心配してくれたのに、言い過ぎた。委員長は、学校に余計なものを持ってくるなって厳しく言いたかったんじゃなくて、アレが先生に見られたら反応がめちゃ怖いやつだったから注意してくれたんだよね？　そういうの、すぐに気づかなくてごめんね」

「あ……いや、私こそ、言い方が悪くて、嫌な思いさせてごめんね」

「ううん。平気。いつもありがとう、委員長」

ふわっと胸が温かくなって、くすぐったい気持ちになった。

やはり、誰かの助けになれると嬉しい。

要らぬ心配をされてばかりなのも嫌だろうから、加減を身につける必要はあるだろう。

でも私は……何もせずにはいられないと思う。何回疎まれても、それが役に立つ時があるから。

そういうところは、本当に臼井くんと似ているかもしれない。

――臼井くんに、吉田さんと仲直りできたこと伝えたいな。ううん、それだけじゃない。

臼井くんと、もっといろんな話がしたいな……。

ふと臼井くんのことを考えて、また胸が苦しくなる。

もっと臼井くんの考えを教えてほしい。

もっと臼井くんに自分の考えを聞いてほしい。

それから、もっと一緒にいたい……。

そんな気持ちになるのは、私が委員長だからじゃないって気づいた。

でも臼井くんは、私の気持ちに気づいていないだろう。私が臼井くんに構うのは、私が委員長だからだと思っているはず。

——伝えたい。

その気持ちを我慢できそうにない。

想いを自覚したばかりのはずなのに、気持ちを抑えられない。

いや違う。今までずっと「委員長として」「委員長だから」と言い訳して、ずっと前かららこの気持ちを押し込めていたんだ。押し込めて、押し込めて、ずっと押し込めてきたから、すごい勢いで噴き出しているんだ。

——あぁもう、このままでずっといたら、日常生活もまともに送れなくなっちゃうよ。

そんなの絶対に合理的じゃない。

そうだ、伝えてしまえばいい。自分の気持ちを。

それでダメだったら、諦めればいい。

ずっと臼井くんのことを気にして悩むより、当たって砕けて諦めるほうが楽なんじゃないか。卒業まで悩んだ挙句、言えないまま会えなくなってしまっても辛いし。

——何もせず後悔するより、私は行動して後悔したい。気持ちだってそう。伝えずに後悔するよりは……きっと……。

窓際の席にいる臼井くんを見ると、胸がドキドキしてきた。

授業開始時間まで、まだ数分ある。

私は意を決して、臼井くんの席に向かった。

緊張しているせいで、足が思うように動かない。何もない所でよろけそうになった。

「――臼井くん」

「……え？」

窓の外を見ていた臼井くんが、私を見た。

「今日の放課後……屋上に来てもらってもいい？　話したいことがあるの……」

「……分かった」

臼井くんはあっさりと了承してくれた。

「ありがとう……じゃあ」

「うん」

それだけ会話して、私は自分の席に戻った。

たったこれだけ……まだ告白もしていないのに、心臓が痛い。キリキリと胃が軋む。

――負けるな、シズカ！　勝負はこれからなんだから！

最近本当に、授業に集中できていない。

恋をすると他のことが手につかなくなるというのは、都市伝説じゃなかったみたいだ。

放課後。

私が屋上に向かう決心をして席を立つと、後ろからぬっと腕が出てきて私に絡みついた。

絡みついた腕の先、その右片方には包帯が巻かれている。

「シズカー、一緒に帰ろうぜー？」

私の顔のすぐ右横に、ヒロミの顔があった。

「あ……ごめん。私……用事があって」

「なんの用事？　終わるまで待とうか？」

「あの……実は、告白しようと思って」

臼井(うすい)くんに……とは言わなかった。でもヒロミにはすぐに伝わったようだ。

ヒロミはすぐに私を離して、ウンウンと頷(うなず)いた。

「そっか……決めたんだ？　思ったより随分早かったな」

「うん……早いかな？」

「ううん、いいと思う。シズカって、思ったことはすぐ言うタイプじゃん？　だから、そういう気持ちもずっと胸に秘めて我慢できる性格じゃないと思ってたよ」

「あはは……その通りかも。ヒロミって本当に私のことよく分かってるよね」

私は苦笑するが、ヒロミは優しい目をして微笑んでくれた。

「あぁ、よく分かってるよ。だから……頑張れ。そんで、結果がどっちに転んでも、あたしに報告するって約束な？　絶対に後で、電話してよ？」

「……分かった」

ヒロミの言葉を聞いて、ちょっと緊張が解けた。

うまくいったら、ヒロミは一緒に喜んでくれるだろう。

うまくいかなかったら……私を全力で励ましてくれるはずだ。

親友の心遣いが嬉しくて、ちょっと涙腺が緩んだ。

「ヒロミ……大好き」

「バーカ。あたしに告ってどうすんだよ！　しかも本命に告る前からちょっと泣きそうになってるし……ほら、行くならさっさと行ってこいって！」

ヒロミが笑いながら、私の背中をバシバシ叩いた。

その衝撃で、肩に入っていた力が抜けていく。

「うん！　行ってきます！」

ヒロミに手を振って、私は教室を出る。

ヒロミが私の背中に向かって「グッドラック！」と言うのが聞こえた。

❖

シズカがいなくなった教室で、ヒロミの表情が変わる。

さっきまでシズカに向けていた明るい笑顔とは違い、ヤンキーっぽいムスッとした顔だった。この顔で街を歩いていたら、ヒロミに話しかける人は一人もいないだろう。

しかしヒロミは怒っているわけじゃなかった。ちょっと寂しいだけだった。

「なーに寂しそうな顔してんだよ」

いきなりそばに来たデンに話しかけられて、ヒロミはさらに顔を歪(ゆが)めた。

「なんだよ？　他の二人は？」

「便所だよ」

「だったらお前も行けよ」

「何も出ねぇよ」

「出なくても行けよ」

「何でだよ!?」

ヒロミとデンは、一年生の時からこんな感じだった。

お互いにヤンキーということもあり、意識し合っている。しかしそれが敵としてなのか、それ以外のものとしてなのか、ヒロミは知らない。

ただ、ヒロミにとってデンは他の生徒とはちょっと違う存在だ。

恐らくきっと、向こうもそんな風に感じているんじゃないかと思っている。

「ちょっと嫉妬しちまうな……。シズカが頼れるのはあたししかいないと思って、少し優越感あったんだよね……。臼井にあたしのシズカを取られるなんて悔しー!!」

ヒロミがそんな本音をこぼせたのも、相手がデンだからだ。

「じゃあ委員長にそう言えばいいじゃねーか」

「そんなこと言ったらダサいだけだろ」

「俺には言ってんじゃねぇか」

「バーカ。あんたのことなんて、教室の壁くらいにしか思ってねーよ」

「はあ!?」

三バカトリオの残りの二人、キュウとノンが戻ってきたのを見て、ヒロミはデンから離れた。

「じゃあな、教室の壁よ」

「誰が壁じゃゴルァ!?」

ヒロミは颯爽と教室を飛び出していった。

——あいつらは今日、パシリがいない。きっと自分の鞄は自分で持って帰るんだろう。

自分たちのパシリが屋上でシズカから告白されると、あの三人はちゃんと気づいている。

バカで、脳筋で、ガサツな奴らだけど、一丁前にそんな気遣いができるのが可笑しくて、ヒロミの頬が緩んだ。

——頑張れ、シズカ。

大事な親友からいつ連絡が来ても良いように、ヒロミはスマホを握りしめた。

◇

放課後の屋上で、私は風に吹かれながら運命の時を待っていた。

ウチの学校の屋上は比較的自由に出入りできるが、幸い今日は他に人がいない。

告白の舞台は整った。

屋上のフェンスに近づくと、グラウンドで練習しているサッカー部、野球部が見えた。

そして、私が臼井くんに助けられた花壇も……。

「——ごめん。お待たせ」

最近よく聞く声がして、振り向く。

臼井くんが来てくれた。

臼井くんは、いつもと変わらない表情。これから私に告白されることに気づいてなさそうだ。

せっかくヒロミに緊張をほぐしてもらったのに、急に緊張スイッチが入る。今にも口から心臓が飛び出そうだ。

「あ、あの……来てくれてありがとう」

「うん」

「それで……あのね……話っていうのは……」

「うん？」

心臓が今まで経験したことがないくらいドクドク言っている。頭がクラクラして、目の前がチカチカしてきた。

「私……その、臼井くんが……！」

言い終わったら倒れてしまうんじゃないか。

——いや、もう倒れても構わない！　言おう！　言ってしまおう！　ここで決めよう!!

「臼井くん！　あの……！　……………………お、お友達になってください!!」

屋上が、しんと静かになった。

サッカー部のファンの歓声も、野球部の気合の入った掛け声も、遠くに聞こえる。

私は時が止まったように動けなくなっていて、臼井くんも私を見たまま微動だにしない。

そのまま長いこと、お互いに動かずにいたのだが……ややあって、臼井くんが言葉を発した。

「え？」

『それはどういう意味ですか？』という意味の「え？」だと、瞬時に理解できた。

——やってしまった。

私の全身の細胞が凍りついている。

——あぁ言ってしまった。恥ずかしくて、ついつい——『お友達になってください』と言ってしまった。

自分の失態に、目眩がして倒れそうだ。

すると臼井くんは私をじっと見て、こう言った。

「俺……委員長のことは、もう、友達だと思っていたよ……？」

あぁなんて優しい臼井くん。

友達になってくださいと頼んだ私に、もう友達だと思っていたよだなんて——……。

——いや、友達……？　ほら、もう友達としか見られてなかったじゃない……。どうするのよ、これ……。終わった。

倒れて気絶したほうが楽なんじゃないかと思うくらい、しんどい。

でも、せっかくここまで話を聞きに来てくれた臼井くんの前で、これ以上迷惑のかかることはできない。

私は精一杯の笑顔を作って、臼井くんにお礼を言った。

「あ、ありがとう……。そう思ってくれていたなんて嬉しいな……。ほら、私、友達少ないから……」

「俺以外にも、委員長のことを友達だと思っている人、けっこういそうだけどね」

「そうかな？　どうだろ……？」

屋上まで呼び出して、私は何をやっているのか。ヒロミの前で、臼井くんに告白する宣言までしてきたのに……。

自分がアホすぎて、心の中で泣いた。

「あの……じゃあさ、時間がある日、放課後に一緒に勉強とかできないかな？　私、理数系苦手だから、臼井くんに教えてもらえると助かるんだよね……」

「いいよ」

「本当？　嬉しいなぁ……連絡先教えてもらってもいい？」

「分かった」

臼井くんと私のスマホを突き合わせて、連絡先を交換。

私の友達リストに、記念すべき二人目の友達の名前が表示された。

「じゃあ……今度勉強に誘わせてもらうね」

「うん」

「えっと……じゃあ、これで……」

「……またね」

臼井くんがスマホをポケットにしまって、屋上入口のドアに向かって歩き出す。

そしてあっさりとドアを通り抜け、姿が見えなくなった。

はい、終わり。告白タイム終了。告白すると決めるのも早ければ、告白失敗も早かった。

――いや、ちゃんと告白できてないんですけど!?

自分のしたことに戸惑いを隠せない。一体何のために屋上に臼井くんを呼んだのか。

何も伝えられなかった私の後ろで、誰かが「カァ」と鳴いた。いつの間にか屋上のフェンスにカラスがとまっていて、こちらを見ている。

「アホー」

「そんなの言われなくても分かってるわよぉぉ！」

「阿呆」って言われたような気がしてカラスに怒鳴りつける。……実際になんて言われたかは分からないけど。

そしてその勢いのまま、私は電話をかけた。

思ったよりすぐに、ヒロミが電話に出る。

『もしもし？　シズカ？　もしかしてもう……!?』

「ヒロミ！　お願いがあるの！」

『え!?　何!?　もうデートの準備!?』

「違うの！　お願い……！　不甲斐(ふがい)ない私を殴って……!!」

『はあ!?』

ヒロミは異変を感じ取ってくれたんだろう。私に駅へ向かうよう指示をした。

そして駅に着いてヒロミと合流した私は急遽(きゅうきょ)――ヒロミの家にお邪魔することになった。


小一時間前に臼井くんへの告白に失敗した私は、現在、ヒロミの部屋にいる。

一年生の時から友達だったけど、ヒロミの家に来たのは今回が初めてだ。

「ボロいアパートで悪いな。狭いだろ」

「ううん！　全然大丈夫！」

ヒロミの部屋には、物が乱雑に置かれていた。漫画は本棚の前の床に積み上げられ、本棚には畳んだ洋服が詰め込まれている。

細かいことを気にしないヒロミらしい部屋だと思って、私は思わず笑ってしまった。

「ん？　何か面白いものあったか？」

「うん。全部面白い」

「そっか。なんか気になるものあったら勝手に見ていいから。あと別に、正座じゃなくてもいいけど？」

「あ、ごめん。つい癖で……」

きっちりと正座をしていた私は、足を崩した。正直、正座が苦手だから助かった。

「んで？　なんであたしに殴られたかったわけ？」

ヒロミに聞かれて、緊張する。変な汗が出た。

「あの……実はですね……。告白に失敗しました」

「え!?　振られたのか!?　あの臼井の野郎ぉ!!」

「ち、違うの！　私が、ちゃんと告白できなくて!!」

「へ？」

「付き合ってくださいって言えなくて……お友達になってくださいって言っちゃったの!!」

「はぁぁぁぁ!?」

ヒロミの反応はごもっともだ。私が逆の立場でも、全く同じ反応をしただろう。

「え!?　それで!?　臼井はどうしたんだよ!?」

「もう友達だと思っていたよって言ってくれて……連絡先交換して、今度一緒に勉強しようって約束して別れた……」

「…………」

ヒロミが無言で天を仰いだ。

「まー……しょうがないか。連絡先交換できただけで前進したよ……うん。そうだよな……シズカと臼井じゃ、しょうがないよな……」

「ん？　何がしょうがないの？」

「もう今はそれでいいから、これから頑張って、もっと距離詰めていけってことだよ!!」

「で、でも、臼井くんには友達としか思われてなかったし……もう、脈なしだと思う」

「まだ分かんないって！　あいつは鈍感だから、シズカが告白しようと思って屋上に呼び出したことにも気づいてないだろ。つまり、まだチャンスはあるって！」

「もう一回告白するってこと!?　それは……しばらく勘弁してほしい……」

私が弱気になっていると、ヒロミが私にグッと顔を近づけてきた。

そして、少し低い声で言う。

「なら今度は、臼井のほうから告白したくなるように仕向けるんだな。シズカのすべてを使って、落とせ！」

「わ、私のすべてって……」

私の頭に真っ先に『色気』っていう単語が浮かんだ。

――いやでも、色気って……そんなの……全然自信がない。

そんなの無理……と絶望を感じていると、ヒロミが囁（ささや）いてきた。

「いい恋愛テクニックを知ってんだよ……」

「え？　何？」

金髪ヤンキーな親友が、急に大人びて見えてくる。

ヒロミは私を至近距離でじっと見つめたまま、続けた。

「相手との距離を縮めるには、三つの方法がある。それが、壁ドン、顎クイ、頭ポンだ」

自信満々にそう告げるヒロミを見て、私は何度か瞬きをした。

「壁ドン、顎クイ、頭ポン……」

復唱すると、頭にイメージが浮かんだ。

でもこれって、ちょっと強引な男子が女子にやるものじゃなかっただろうか。

自分が臼井くんに壁ドンしている図を想像して、顔が熱くなる。

「き、聞いたことはあるよ……。でも、ちょっと高圧的過ぎないかな？」

「ふふふ。男ってのは、強い生き物に惹かれるんだよ……本当は支配されたいんだ。だから男は、自分より強い存在を求めて喧嘩を繰り返すんだろ……？」

――男の子が喧嘩をするのには、そんな理由があったの!?

目から鱗だ。

「つまり、お付き合いする女性も、本当は自分より強いほうがいいのね？」

「そうそう。そんで強い女に甘えたいんだよ。男がいつまでたっても子供なのは、そういう理由もあるんだ」

「控えめで、従順な女性が好まれるんじゃなかったんだ……」

「おいおいそれはいつの時代の話だ？」

ヒロミがおかしそうに笑う。

「さて、じゃあ練習しようか？」

「え!?　練習するの？　今、ここで？」

「練習しないと、いざという時、スマートにできないだろ？」

「で、でも、誰で練習するの？」

「あ、た、し♡」

「はい!?」

私が驚いて素っ頓狂な声を出すと、ヒロミが「ぷっ」と噴き出した。そして、お腹を抱えて笑い始める。

「あーもう無理!!　死ぬ!!　笑って死ぬぅぅぅぅ!!」

「あぁ！　ねぇちょっと！　人のことからかったでしょ!?」

「だって！　シズカが素直で可愛いから！　ヒャハハハハ」

「ヒャハハハハじゃないよ！　もう！　人が真剣に話をしているのに!!」

ヒロミにからかわれて悔しいはずなのに、泣くほど笑っているヒロミを見ていたら、私まで可笑しくなってしまった。

しばらく二人で涙が出るくらい笑った。すると、心がどんどん軽くなってきた。

……告白できなかったショックなんて、もう気にならないくらいに。

「──ありがとう。ヒロミ」

ひとしきり笑ったところで、私はヒロミにお礼を言った。

「これからもっと臼井くんと仲良くなれるように、頑張るね。本当に……ヒロミが友達で良かった」

ヒロミがふっと笑う。

「安心したぞ。臼井と違って、あたしのことはちゃんと友達だと思ってたみたいだな」

「う、臼井くんのことは措いておくとして……。一年生の時からずっと、ヒロミのことは友達だと思ってるよ……」

「……ったく、そんな真面目な優等生なのに、ヤンキーと友達なんて……面白い奴だよ、シズカは」

そう言うヒロミがちょっと照れたような顔をしていて、なんか可愛かった。

「そんな……私、本当は優等生なんかじゃないよ。出来が悪い人間なの」

私が苦笑しながら言うと、ヒロミが驚いた顔をした。

「え？　出来が悪い？　どこが？」

「私のお父さんは大学の先生で、お母さんは今専業主婦だけど、昔は大学の先生だったんだって。つまりね、二人ともすっごく頭がいいの」

「シズカだって、頭いいじゃん」

「私は全然だよ。頭がいいなら……もっと別の高校に通っていると思う」

「……すごく厳しいのか？　シズカの親って」

ヒロミがちょっと心配そうに聞く。

私は静かに首を横に振った。

「それが、全然厳しくないの。『シズカにはシズカの良さがあるんだから、勉強が得意じゃなくてもいいんじゃないか？』って言ってくれる。優しい両親なんだよ……」

「じゃあ、どうしてそんなに辛そうなんだよ？」

いつも通りの顔をしているつもりだったけど、ヒロミには隠せなかったらしい。

でも私はヒロミに心配をかけたくなくて、微笑む。

「両親が寛大すぎるからかな？　誰も責めないから、自分で自分を責めちゃう。これでいいはずがないって、焦っちゃうんだ……」

「……真面目だな」

「本当にね、私もそう思う。馬鹿みたいに真面目で、融通が利かない……それで友達も出来ない……私は、真面目な自分が嫌いだよ」

真面目になろうとしてなったんじゃない。

真面目に生きようとして生きているんじゃない。

これは多分私が生まれ持った性質で、これのせいでたまに生き辛さを感じてしまう。

「だから、ヒロミみたいに伸び伸びしている人を見ると、憧れちゃうんだよね……」

本当はクラスメイトたちも羨ましい。あんな風に学校生活を送ってみたいと何度も思った。……思ったところで、なかなか上手く変われないのだけど。

私の言葉を聞いて、ヒロミはしばらく黙っていた。

部屋が無音になる。

いきなり重い話になって、困らせてしまったかも。

気まずいから話題を変えようと思った時、ヒロミが口を開いた。

「あたしはさ……シズカみたいな奴、いいと思うよ」

ヒロミの声は、いつもよりちょっと、上擦っていた。

「え？」

「入学した時のこと覚えてる？　あたしんち、母親しかいないし、母親はヤンキーだし、あたしもこんなだから、どこに行っても人に避けられててさ……。まぁそれは、あたしがナメられたくなくて睨んでるせいだから、しょうがないんだけど……」

「うん……覚えているよ。ヒロミ、手負いの猫みたいにピリピリしてたもんね」

「なかなか弱みを見せられないからさ……それでもいいって強がるしかなかったんだよな。……でも正直、寂しかったんだよ……」

ヒロミはそこで一回言葉を止めた。

近くにあったペットボトルの水を飲み、一息ついて続ける。

「だからさ……一年の時、シズカが一生懸命あたしに構ってくれるの、実は嬉しかったんだよね……」

――私は、一年生の時のことを思い出した。

あの頃、ヒロミはクラスで一人ぼっちだった。

誰にも話しかけず、誰とも話さない。お昼休みは一人でお弁当を食べていて、別教室に移動するのも一人。私はそんなヒロミをほうっておけず、ウザがられるのも承知で積極的に話しかけていたっけ……。

「ウザくなかった？」

「ウザかったよ？」

「え!?」

「だって、ほっといてって言ってもほっといてくれないんだもんなー。ウザいに決まってんだろ。マジでしつこいんだよ」

ヒロミはそう言いながら笑っている。

言葉は荒いが、全然嫌味な言い方じゃなかった。

「でも……そのおかげであたしは、シズカと仲良くなれた。クラスで一人じゃなくなった。

あたしはさ……シズカの真面目なところに救われたんだ」

　ヒロミの言葉を聞いて、私は泣きそうになった。

　でも泣きそうなのは私だけじゃないようだ。ヒロミの鼻先も赤くなっている。

「だからさ……真面目な自分が嫌いだなんて言うなよ。生まれ持ったものなんだろ？　だったら尚更、自分で自分のこと認めてやれよ。……シズカは、シズカのままでいいんだよ」

——あぁ私はなんていい友達を持ったんだろう。

たった一人でも、私のことをこんなに分かってくれる友達がいる。それだけで自分のことがちょっと好きになれる。これからも自分にできることを頑張ろうって思える。

私は、幸せ者だ。

「ヒロミ……大好き」

もう涙は止められない。

泣きながらヒロミに抱きつくと、ヒロミも私を抱きしめてくれた。

「臼井とどっちが好き？」

「えっと……」

「迷ってんじゃねぇ!!　こういう時は嘘でも『ヒロミ♡』って言っとくんだよ!!」

「きゃははは！　待って！　くすぐらないで！　いやぁぁははは!!」

回答を迷ったせいで、ヒロミから怒涛のくすぐり攻撃を受ける。

感動の涙が一瞬で引っ込んで、笑い泣きに変わった。

——そのまましばらく、私たちは喉が痛くなるまで笑っていた……。

そしてヒロミの部屋の時計が七時を示した時、私もヒロミも、ハァハァ言いながら部屋のカーペットの上に転がっていた。

「あーもうダメ……あぁ、そうだ……そろそろ帰らないと……」

転がったまま、呟く。

「泊まってけば？」

ヒロミが軽い口調で言った。

「え……でも、お母さんに何も言ってないし……明日も学校なのに急に泊まるなんて……」

「電話すれば？　さっき聞いてた感じからすると、連絡すれば外泊くらい普通にオッケーしてくれそうじゃない？　何ならあたしからも話すし。気合で洗濯すりゃ、着替えも何とかなるだろ。ダメだったらあたしの貸すからさ」

「うん……分かった。聞いてみる」

スマホを取り出して、お母さんに電話をかけた。

急に友達の家に泊まるなんて言ったことがないから、心配されると思った。

でもお母さんはすぐに「分かったわ。楽しんでね」と言ってくれて、私は拍子抜けした。

——勝手に私が心配し過ぎていただけだったんだ……。

ホッとして電話を切ると、ヒロミがワクワクした顔で私を見ていた。

「どうだった？」

「うん。楽しんでね、だって」

「よっしゃー!!　今夜は寝かせないからな!!」

「え？　私、十時には寝ないと無理」

「はあ!?　真面目か!?」

また二人で顔を見合わせて、大笑いした。ヒロミと一緒にいると笑いが絶えない。

——そしてこの日、私は人生で初めて友達の家に泊まったのだった。


ヒロミの家に初めてのお泊りをしてから一週間後の火曜日。

放課後の教室で、私は臼井くんと一緒に勉強をしていた。こうやって一緒に勉強するのは、今回で二回目だ。

二つの机をくっつけて、私と臼井くんは向き合って座っている。臼井くんは国語の問題集を解いていて、私は数学の問題集を解いていた。

勉強しようと誘っているのは私なのに、私の勉強はなかなか進まない。苦手な数学の問題に取り組んでいるせいもあるが、何より臼井くんが気になって仕方ないのだ。

「……分からないとこ、あった？」

「え？」

私が勉強に集中できていないことに気づいたのか、臼井くんが声をかけてきた。

「えっと……まぁ、相変わらず数学の問題は分からないところだらけなんですが……」

それより臼井くんのことがもっと知りたくて……とは、さすがに言えなかった。

「でも、委員長は英語と国語が得意だからいいよね。俺、文系科目は全然ダメだから、尊敬する」

「そう？　私は数学ができる臼井くんを尊敬するなぁ。私、数学は毎回赤点ギリギリだし」

「それでも全体の順位は俺より上だと思うよ？」

「え？　前回のテスト、何位？」

「百位くらい。委員長は？」

「えっと……前回は五十位くらいかな？」

ちなみに一学年の生徒数は、三百二十人である。

そこから私と臼井くんの話題は、お互いの得意教科についてになった。

臼井くんは国語と英語が苦手で、数学が得意。生物と化学と物理は好き。歴史や地理は、得意な分野しか覚えられない。

そして私は、国語と英語が得意で、暗記科目は気合で頑張って何とかしている。でも数学と計算が絡む物理や化学、生物がはっきり言って無理だ。

私と臼井くんは似ていると思ったけど、得意科目は正反対で面白かった。

逆に自分にないものを持っていると分かって、さらに臼井くんへの憧れが強くなる……。

「数学ができる人間になりたかったなぁ……」

ボソッと呟くと、臼井くんが「どうして？」と聞いてくれた。

私はそれに答える。

「小さい頃から獣医さんになりたかったの。動物が好きだったから。でも、数学がこんなにできないんじゃ、獣医学部にも入れないし。そもそも獣医学部って、どこもすごーく偏差値が高いんだよ。もう……どうしようかなって」

「そっか……学部のことまで調べていて偉いね。俺、大学のことはまだ考えてなかったよ」

「臼井くんは、将来の夢とか目標は決まっているの？」

「うーん……特になりたいものはないけど、公務員がいいかな。市役所職員とかいいかも」

「堅実だね」

でも、ちょっと臼井くんらしいと思った。

臼井くんのことをまた少し知って、幸せな気持ちになる。思わず顔がニヤけた。

「……何かあった？」

私の表情の変化に気づいたのか、臼井くんが聞いた。

「あ、臼井くんと一緒に勉強できて……嬉しいなって思って……」

あなたのことを知れて嬉しいとはさすがに言えず、そう誤魔化す。

すると、臼井くんが思いもよらないことを言ってきた。

「俺も嬉しいよ」

「……!?」

急に心臓が跳ねた。

臼井くんはいつも通りの表情をしている。

──……でも、さっきの言葉って……まさか……？

ドキドキしながら、言葉の続きを待つ。

そして……臼井くんが言った。

「──委員長って、分からないところ聞いたらすぐに答えてくれるからさ。勉強が捗って嬉しいよ」

私は顔に微笑みをたたえたまま凍り付く。

──……あ、そうですか、そうですよね……別に特別な意味とか、あるはずないですよね……。放課後一緒に勉強したくらいで、もう私を好きになっちゃうなんて、ないか。

私がやり場のない虚しさを抱えていると、下校時間のチャイムが鳴った。

「え!?　もうこんな時間!?」

何をしていたんだと自分に聞きたくなるくらい、問題集は進んでなかった。

情けない自分を嘆きながら、渋々と勉強道具を鞄にしまう。それから机を元の位置に戻すと、帰宅準備万端の臼井くんが私をじっと見ているのに気づいた。

「ん？　どうかした？」

「あの……駅まで送ろうか？」

「え!?」

思いがけない提案に、思わず大きな声が出てしまった。

「あ、嫌だったら別にいいんだけど。ただ、女の子は駅まで送ったほうがいいって、今日、三バカトリオに言われて。確かに俺も、委員長がまた何かに巻き込まれないか心配だし」

「あぁ……あはは。大丈夫だよって言いたいところだけど、二回も臼井くんに助けられていると、説得力ないかな……」

「とりあえず、駅まで一緒に行ってもいい？」

「それはもちろん……ありがたいです」

三バカトリオがそんな助言をしたなんて意外だった。

もしかして、私が臼井くんを好きなこと、あいつらにもバレているのだろうか……。

ニヤニヤしている三バカトリオの顔が頭に浮かんで、ちょっと悔しくなった。

◆

時刻は七時。既に日は落ちて、外は暗い。

街灯に照らされた薄暗い道を、俺たちはゆっくりと駅に向かって歩いていた。

俺たちの間には会話がない。何か話せたら……と思うが、すぐには思いつかない。

このまま無言で駅まで行っていいのかと悩んでいると、委員長から話しかけてきた。

「臼井(うすい)くんって、休日は何をしてるの？」

「えっと……本を読んだり、体鍛えてたり……」

「あ、そっか。いつ教室を襲撃されてもいいように、鍛えてるって言ってたもんね！

……私も鍛えたら、変なトラブルに巻き込まれても自分で解決できるようになるかな？」

筋トレしている委員長の姿を想像した。

俺の脳内の委員長がダンベルを持ち上げ、重さに耐えきれず潰(つぶ)れた。

なんて危なっかしい……。

「……鍛えてる途中で何か起きそうだから、やめといたほうがいいと思う」

「やっぱり、向いてないかー」

「うん。委員長がそんなことしなくても、何かあったら俺が…………」

「ん？」

自分で何かを言いかけて、ハッとする。

――あれ？　今、俺なんて言おうとした？　何かあったら俺が助けるから……って言おうとしてなかったか？

慌てて、おかしな言葉が出てこないように唇を引き結ぶ。

俺が委員長を助けるなんて……さすがに図々しいだろう。委員長が俺に望んでいるのは、一緒に勉強することなんだから。

黙ってしまった俺を見て、委員長が小首を傾げた。

「今、何か言おうとした？」

「ううん。何でもない」

「……そう？　あ、臼井くんってどんな本を読むの？」

話題が変わって、内心ホッとした。

委員長の質問に答えるべく、自分の部屋の本棚を思い浮かべる。

「えっと……サバイバルで役に立つ知識の本とか、護身術の本とか……」

「ふふっ。本当にそうなんだ……」

「ん？　何が？」

「あ、いや、臼井くんって危機対策に関して本当に勉強熱心だなって！　臼井くんと一緒にいたら、絶対に怖いものなしだね！　あー……臼井くんと話すの、楽しいなぁ！」

委員長が楽しそうに笑った。

弾けるような笑顔に、胸のあたりがくすぐったくなる。

「そう……？」

「うん。臼井くん、面白いもん。いろんなこと聞きたくなる」

そんなことを人に言われたのは、初めてだった。

他の人に対する興味が薄い俺は、他の人から興味を持たれることもなかった。基本的に
『何考えているか分からなくて気持ち悪い』と思われて、空気扱い。

だから誰かに、こんなにたくさん自分のことを話したのも、今が初めてだった。

——なんかアキラ、最近よく喋るよな……。

デンくんに言われた言葉を思い出す。

委員長に話したくなる理由は明白に分かっていた。それは、委員長が話を聞いてくれるから、だ。

俺が何を考えて、どんな行動をするのか、委員長は俺にちゃんと聞いてくれる。

何を考えているか分からないからと、俺の気持ちを無いものにする人たちとは違う。

——俺はそれがすごく、嬉しいんだ……。

女子と一緒に帰るなんて慣れないことをしているせいか、気持ちが落ち着かない。

薄暗い夜道で街灯に照らされた委員長が、儚げで綺麗で、余計に気持ちが落ち着かない。

でも、気持ちが落ち着かないからといって、ここで委員長を置いて先に帰るなんてもってのほかだと思った。

この気持ちは何だろう。どうして俺はこんなに落ち着かないのだろう。

——きっと、委員長がまた何かに巻き込まれそうで心配だからだ。何か起きたらどう動こうかと、無意識にあたりを警戒してしまうせいだ。……うん。きっとそうだ。

自己分析が済むと、少し肩の力が抜けた。何か違和感を覚えるが、これ以上考えても今の俺には分かりそうになくて諦めた。

だんだんと周囲が人で賑わってきて、駅の煌々とした明かりが見えてくる。

もうすぐで、委員長と一緒に帰る時間も終わりだ。

最初は委員長に合わせてゆっくり歩くのが大変だったのに、今はもうまったく気になっていなかった。

むしろ俺は、もう少しゆっくり歩きたい気分だった……。

シズカとアキラが一緒に下校していた頃。デンは、キュウとノンと一緒に、駅前のゲームセンターに向かう途中だった。一人先に歩くデンの後ろを、キュウとノンがついて歩く。

「アキラのやつ、ちゃんと委員長のこと送ってやってるかなー」

キュウがそう言うと、ノンが反応した。

「まぁアキラは鈍感だけど、女子に冷たい奴でもないんだな」

「確かにー」

キュウとノンが笑い合う声を聞いていたデンは、ふと細い路地の奥に目をやり、足を止めた。

「ん？　どうしたー？」

キュウがデンに追いつき、話しかける。

すると、デンは低い声で答えた。

「見ろよ、穴熊の奴らだ」

デンの言葉を聞いて、キュウとノンの表情が引き締まった。

デンが視線を向ける暗い路地の奥で、穴熊高校の制服を着たヤンキー二人が、中学生と思しき男子を脅していた。

「金、持ってるんだろ!?　出せよ!!」

低い怒鳴り声が路地裏に響いている。

「こんな人通りの多い時間帯に、ひと目に付きやすい路地裏で恐喝だなんて、アホな奴らだなー」

と、キュウが言う。するとノンが頷いた。

「まぁ、それが分かってる人間は、穴熊には行かないんだな」

二人の言葉には、デンも同感だった。

「ま、俺らには関係ねーな」

デンが呟く。

デンたちは穴熊高校のヤンキーより分別があるとはいえ、見ず知らずの中学生を助けるほどお人好しでもない。

デンは、恐喝現場を見なかったことにして先に進もうとした。

……がその時、穴熊高校のヤンキーから逃げてきた中学生が、あろうことかデンたちに助けを求めてきた。

「た、助けてください!!」

「はあ!?」

泣きそうな顔で制服にすがりつかれて、デンは困惑の声を上げた。

中学生が逃げてきた道を見ると、穴熊高校のヤンキー二人が血相を変えて走ってくるところだった。

「テメーらは、寄鳥の三バカトリオ!! 俺たちの邪魔するとは、いい度胸だなぁ!?」

「あーもう面倒くせーな……」

自分たちから喧嘩をする気はないが、喧嘩する気満々の相手を見て逃げ出すほどヤワじゃない。

「やるかー？」

キュウが大きく伸びをした。

「あったりめーだろ！」

デンが手をバキッと鳴らす。

「問題ないんだな」

そうノンが言うと同時に、三人も穴熊高校のヤンキーに向かって駆け出す。

売られた喧嘩は買う。それがデンたちの喧嘩のやり方だ。つまり、喧嘩を売ってくる相手がいなければ、買う喧嘩もなくなるのだが……この地域に穴熊高校がある以上、それは無理な話だ。

キュウとノンは、二人がかりで一人のヤンキーを蹴り飛ばす。

デンは、残りの一人を拳で殴り飛ばした。

——あっさりと吹っ飛んだ穴熊高校のヤンキーたちは、地面に倒れて呻いている。

「あ、ありがとうございました!!」

デンたちの勇姿を見て、中学生は大きな声でお礼を言った。

感動しているのか、目がキラキラしている。

「ほら、もういいからさっさと帰れって」

デンが面倒くさそうに、シッシッと手で払う動作をする。

すると中学生は、丁寧に頭を下げてから駅の方へ走っていった。この人混みに紛れれば、後を追われて仕返しされる心配もないだろう。

「じゃあ、俺らも行くか……」

デンがのんびりとそう言って歩き出すと、キュウとノンも後に続いた。


デンたちが見えなくなった路地裏で、穴熊(あなぐま)高校のヤンキーの一人がよろよろと立ち上がった。近くでもう一人も立ち上がる。

「くっそ……三バカトリオめ……！」

「ぜってぇ後悔させてやる……！」

寄鳥(よりどり)高校のヤンキーは他校のヤンキーから嫌われている。

理由は簡単。寄鳥高校のヤンキーたちは、勉強ができる。そして進学率が高いからだ。

寄鳥のヤンキーはヤンキーじゃない。他校のヤンキーならみんな、そう思っている。

特にヤンキーとしてのプライドが高い穴熊高校のヤンキーにとって、寄鳥高校のヤンキーに喧嘩(けんか)で負けるなんてあってはならないことだった。

学力では勝ち目がない分、武力では負けられない。でないと、穴熊高校のヤンキーのプライドが保てない。

さらに、自分は負けてもいいと思っていても、それを絶対に許してくれない人がいる。

三バカトリオにやられた痛みを抱えたまま路地を出ようとすると、二人の前に大きな影が立ち塞がった。

「お前ら……なんてザマしてやがる？　だーれにやられた？」

「く……黒松さん……」

前方に現れたのは、穴熊高校の制服を着た大男。身長一八〇センチを超えるドレッドヘアの男は、口元を赤いチェックのハンカチで隠していた。

「さっきお前、三バカトリオって言ってたな……？　まさか、寄鳥のヤンキーに負けたんじゃあないだろうなぁ⁉」

二人は体が震えて立っていられなくなり、その場に膝をついた。緊張で呼吸が荒くなる。

これから自分たちがどんな目に遭うのか想像しただけで、死ねそうだった。

寄鳥のヤンキーを嫌う者は多いが、穴熊高校二年のリーダーである黒松ゲンジの憎悪は絶大だった。その理由は、黒松が寄鳥高校を受験して落ちたからだと言われている。

……だが真偽は不明で、その噂を確かめようとする者は穴熊高校にいない。確かめようとした者は病院送りにされ、二度と学校に戻ってこないからだ。

気に入らない者は捻り潰す。歯向かう奴らは皆殺し。仲間や部下にだって容赦しない黒松には、誰も逆らえない。

機嫌を損ねただけで、あの世送りにされる可能性もあるのだから……。


「――可哀想なお前たちの仇は、俺がちゃーんと取ってやるから……安心して寝てな」

もはや呼吸もできないくらいにボコられた二人組は、地面に倒れ伏していた。

ぼやけていく視界で、黒松が凶悪な笑みを浮かべているのが見える。

同じ高校に入り、この人をリーダーとして崇めてきた。

でも、いつも思った。この人は、人間じゃない。

悪魔か。魔物か。とにかく、人の心のない生き物だと……。

「おい。起きてんじゃねーよ。寝てろって言ってんだろうが」

優しさの欠片もない、冷め切った声。

勢いよく頭蓋を踏まれ、ブラックアウトした。

臼井くんって
どうやって
鍛えてるの？
えっと…まずは
護身術の本を
読んだり
うんうん
武術の達人の
動画を観たり
うんうん
なるほど…
肩甲骨を…
走りこんだり
筋トレしたり
うんうん
DQNに絡まれる
イメトレしたり
うんうん
こうきたら
こう…
そしたら
仕上げに実践
うんう…
…実践??
DQNが多い場所を歩けば
拳で語り合いたい人が
声をかけてくれるんだ
兄ちゃん
痛い目
みたくなきゃ
金出しな
げっへっへ
ニヤニヤ
正当防衛
するけど
いい…？
あの…
冗談…だよね…??
うん
パシられ陰キャの
冗談が冗談に
聞こえない件

第四章　パシられ陰キャに、もう会えないかもしれない件

◇

臼井(うすい)くんと駅まで一緒に帰れた日の夜。私は幸せな気持ちに浸っていた。

臼井くんと恋人になれたわけじゃないけど、以前よりずっと距離が近くなった気がする。

——もう、このままでもいいのかな。

最近ちょっと、臼井くんと友達として仲良くできるだけで充分なんじゃないかと思い始めていた。

本当は、もっと臼井くんと一緒にいたい。なんなら休日に一緒に出掛けたりしたい。

……できれば友達以上の存在になりたい。

でも無理にこれ以上の関係を求めたら、せっかくできた友達としてのいい関係も崩れてしまいそうな気がして怖い。欲張ると、いいことがないと思うし。

就寝前、私はヒロミに電話し、そんな悩みを聞いてもらっていた。

『——いや、ビビってんなよ。現状に満足したつもりでいると、後悔するに決まってる。さぁ、思いきってデートに誘え』

引くことを知らないヒロミは、デートを勧めてきた。

「えぇ？　デートって付き合ってる人同士でするものでしょ？　私たちはまだ友達なんだよ？」

『友達でも休日一緒に出掛けるくらいするだろ？　それをデートと呼んで何が悪い？』

そういえば、前にヒロミと一緒に出掛けた時、ヒロミは「デートだ」と言ってはしゃいでいたっけ。

一緒に流行りの映画を見て、ファストフード店でハンバーガーを食べた。友達と遊びに行くのは初めてだったから、一日中ドキドキしていたものだ。

大事な思い出。私にとって一生大切にしたい思い出だ。

でも、私とヒロミが一緒に出掛けるのと、私と臼井くんが出掛けるのは同じなのか。何か違う気がするのは、私が臼井くんを意識しすぎているからなのか。

「大丈夫かな……？」

『大丈夫だって。臼井も断ったりしないと思うけど？』

「うーん。でもなぁ……」

『なんだよ？　まだ他に引っかかることがあるのか？』

「うん。最近、いいことがありすぎて怖いんだよね。臼井くんが助けてくれたおかげで怪我してないし、ヒロミの家にお泊りもできたし、クラスのみんなとバチバチしてないし……。欲張って臼井くんとデートしようとしたら、罰が当たって、回避不可能な大きなトラブルに巻き込まれるんじゃないかな？　運を使い果たしてないかな？」

『嫌なフラグ立ててんじゃねーよ……。ツイてるならツイてるで喜んでろっての……』

電話の向こうで、ヒロミが顔をしかめている気がした。

「冗談抜きで、最近平和すぎるんだけど……」

『どんだけハプニングの多い人生送ってんだ……』

確かに。

私はいつも、真面目に穏やかな生活を送りたいだけなのだけど。

『一回マジでデートに誘ってみたら？　デートに来た臼井を見れば、臼井がシズカをどれくらい意識しているかも分かるかもしれないぞ？　デートに対する気合の入り方でさ。知りたくないの？』

ヒロミの言葉に私はゴクリと唾を呑んだ。

「それは……知りたいかも」

『さらに、いつもと違うシズカの姿を見て、臼井がシズカにときめく可能性もあるぞ？』

――臼井くんが、私に、ときめく……!?

私の中で意思が固まった。

「分かった。今度の週末、臼井くんと一緒に出掛けられないか聞いてみる」

『おう、ついでにいい雰囲気になったら告ってしまえ』

「分かった！　ありがとう、ヒロミ！　私、今度こそ頑張るから！」

その後私とヒロミは今度のテストの話をして、それから電話を切った。

通話が切れたのを確認して、ふぅと息をつく。

明日、臼井くんをデートに誘う。

そう決意しただけで、すでにとても緊張して胸がドキドキしていた。

電話を終えたら寝ようと思っていたのに、そわそわしてすぐには寝つけそうにない。

電気を消してベッドに入って目を閉じると、頭の中に、路地裏で私を助けてくれた臼井くんと、野球ボールから守ってくれた臼井くんの格好いい姿が浮かび始めた。

これにはキュンキュンが止まらない。

こんなに格好いい人が彼氏になったら幸せだろうな……。

――って、こんなの考えていたら眠れないわよ!!

臼井くんの勇姿を思い出しては、ひとりベッドで悶える。

結局私が寝ついたのは、日付が変わる頃だったような気がした……。


翌日の昼休み。

私は臼井くんが一人になるタイミングをじっと待っていた。

三バカトリオは、どういうわけかいつも臼井くんの席の周りでお喋りをしている。

臼井くんが会話に混ざることは滅多にないんだから、臼井くんのそばで騒ぐ必要はないと思うのだが。

臼井くんが一人になったら、ささっと席に行って、サクッと誘うんだ。

気負う必要はない。ヒロミを遊びに誘うように、気楽に誘えばいい。友達なんだから。

ペンケースを整理するフリをしながら、時を待つ。消しゴムの表面の黒いところを全部無くそうと、何も書いていないノートに消しゴムをこすりつけた。

——早く臼井くんが一人になりますように……。

そう念じながら消しゴムを動かしていると、ようやく三バカトリオが臼井くんの席を離れ……そのまま三人で廊下へと出ていく。

——今がチャンスだ！

「臼井くん！　あの……今、いい？」

「うん？」

私が臼井くんの席に行って声をかけると、臼井くんが眠そうな目で私を見た。

お昼ご飯の後だからだろうか。いつにもまして眠そうだ。

「えっと……今度の日曜日って、空いてる？」

「日曜日？　うん……特に用事はないけど」

「じゃあさ、一緒に……本屋さんに行かない？」

「本屋？」

「あの、臼井くんが好きな本、私も読んでみたいなって思って。サバイバルの本とか、護身術の本とか」

「……貸してもいいよ？」

「それは嬉しいけど、自分で買いたいなって思って。貸してもらっていると、早く返さなきゃって思ってゆっくり読めないから」

「そっか……分かった。じゃあ、俺も委員長のオススメの本を教えてもらおうかな」

「いいよ！　じゃあ……日曜日の午前十時に、猫岡沢駅の改札前で待ち合わせでも大丈夫？」

「分かった。あ、今日は勉強会する？」

「うーん。ごめんね。私、今日は用事があって……」

「そっか。じゃあまた今度」

「うんまた今度。じゃあ日曜日、楽しみにしてるね……」

そこまで言って、自分の席に戻った。そして席に着くなり顔を手で覆った。

誰にも顔が見えないようにして、心の中で叫ぶ。

――デートに誘えたぁぁぁ！

自動的に顔がニヤけそうになるのを、手動で止める。頬に当てた手が私の口角の動きを抑制するけれど、いつもより幸せな気持ちは止められない。

今なら何が起きても、大抵のことは許せそうな気がする。教室でボール遊びをしている男子にゴミ箱をひっくり返されても、聖女のような微笑みを向けられるだろう。

まず、今日はヒロミと一緒に帰らないと。

臼井くんと勉強会ができないのはちょっと残念だけど、今日のことをヒロミに報告して、デートの相談に乗ってもらわなければいけない。

デートプランを考えて、洋服のコーディネートを考えて、必要なものがあれば土曜日に買い揃える。日曜日までまだ四日あるが、ドキドキしながら準備していたら、あっという間にその日がやってくるはずだ。

とてもとても待ち遠しい。

きっとこの四日間は、何もなくてもワクワクしていられそうだ。


午後の授業を終えて、放課後になった。

今日はヒロミと一緒に駅まで行こうと思ったが、ヒロミは急に人と会う約束が出来たそうで、断られてしまった。

仕方なく一人で駅に向かうが、なんだかちょっと寂しい気持ちになる。

――まぁそうだよね。ヒロミには、私以外にも友達がいるよね……。

空にはだんだんと暗い色をした雲が増えてきた。気持ちが塞ぐのは、きっとこの天気のせいだ。

――ひと雨来る前に帰りたいな……。折りたたみ傘を持ち歩いているから、降っても問題はないんだけど。

「――すみませーん」

「え？」

細い横道の方から、気の弱そうな男子に声をかけられた。

「すみませーん。ちょっと手伝ってもらってもいいですか？」

「あ、はい……」

他校の生徒みたいだが、あれはどこの学校の制服だっただろうか。思い出せない。

何やら困っているように見えたため、私は素直に呼びかけに応じた。

「どうしましたか？」

「あの……コンタクトレンズを落としちゃって……」

「え？　それは大変ですね！」

すぐ地面に目を凝らした。

アスファルトの表面の凹凸のせいで、コンタクトレンズは見つけにくそうだ。

「この辺りで落としたんですか？」

「はい……この辺だと思うんですけど……」

不安そうに地面を見つめる男子。

私は彼のそばにしゃがみ込んで、一緒に地面を見つめる。

その時だった。

背後から何かが来たと感じた時には、口を塞がれていた。

「動くなよ。学級委員長さん」

耳元で囁かれる低い声。

ぶわっと全身に鳥肌が立った。

只事じゃない気配に、体が動かせない。

「おい、早く手を縛れ」

「はい。黒松さん」

コンタクトレンズを落としたと言っていた男子が、しれっとした顔で私の手を後ろで縛り始めた。

そこでようやく、彼が助けを求めていたのは罠だったのだと気づく。

「騒がずについてこい」

　ぎっちりと手首を縛られ、口を手で塞がれたまま、黒松というらしい男に連行される。促されるままに向かった路地の先には、黒い乗用車が停めてあった。

「どうもすみませんね。先輩。車出してもらっちゃって」

　黒松が声をかけると、車の窓ガラスが下がってきた。

　首に龍の入れ墨の入った目つきの悪い男が、鼻で笑って言う。

「まぁいいってことよ。穴熊の可愛い後輩が、寄鳥のヤンキーにひと泡吹かせたいって言ってるんだから、先輩としては応援してやりてぇじゃん？」

「あざっす」

　黒松はヘラヘラとお礼を言うと、後部座席のドアを開けて、私を中へと放り込んだ。

　私は後ろで手を縛られているせいで、顔から座席シートに倒れ込む。

　固いシートの表面で頬が擦れて、痛かった。

　すぐに黒松も車に乗り込んで来て、私の体をぐいっと引き起こす。

「ほら、座ってろ」

　乱暴に、座る体勢に直される。

　もう口は塞がれていないけれど、怖くて声が出ない。

　さっきまで後ろから口を塞がれていたから、黒松がどんな人物かよく見えなかった。でも、今ならよく見える。

目つきが鋭い、口元を赤のチェック模様のハンカチで隠した大男。背の高さは、私の知る中で一番背の高いキュウくんより高そうだ。

——運転席の人、さっき黒松のことを『穴熊の可愛い後輩』って言ってたよね……。どうしよう……私、穴熊高校のヤンキーに捕まっちゃったの……!?

ヤンキーの巣窟、穴熊高校。

一年生から三年生までヤンキーしかいないその学校には、学年毎に派閥があり、各学年のボスが学年全体をまとめていると聞く。

黒松から底知れない圧を感じて、体からじっとりした嫌な汗が噴き出してきた。

黒松は恐らく、ただのヤンキーじゃない。もしや……どこかの学年のボスなのか。

「お前は予定通り、三バカトリオに連絡しろ。お前らの大事な学級委員長は捕かったとな……。制限時間は、雨が降り出すまで、だ。雨が降り始めたらゲームオーバー。学級委員長は好きにさせてもらうと言っておけ」

私の隣に座った黒松が、外にいる男子に命じた。

「はい。場所は伝えますか?」

「いいや。場所は自力で探してもらおうか。これは、隠れんぼだ。まぁ奴らからすれば、隠れているほうが鬼なんだがな」

「分かりました」

外で返事をした男子が、スマホを操作しながら車から離れる。

「先輩、お願いします」

と黒松が言うと、車が発進した。

行き先は分からない。

遠ざかる見慣れた景色を見ながら、息が詰まりそうだった。

——一体どこへ行くつもりなの……？

先程黒松は三バカトリオに連絡しろって言っていたが、私と三バカトリオになんの関係があるのか。

私が不安に押し潰されそうになっていると、黒松が私を見て目を細めた。

「そんな不安そうな顔すんじゃねぇよ。学級委員長。隠れんぼはもう始まったんだから、楽しもうぜ？　ワクワクするだろ？　なァ？」

少し前まで私の中にあったワクワクは、どこかに消えてしまった。

——なんで、なんでこんなことに……？

心は恐怖と不安でぎゅうぎゅう詰めになり、心臓が悲鳴を上げる。

空には既に、いつ降り出すか分からない真っ黒な雨雲が広がっていた。

◆

放課後。学校帰りの俺は、三バカトリオと一緒にゲームセンターに来ていた。

いつもはこういうところに来る気分にはならないが、今日は珍しく気が向いた。

どうしてだろうか。自分で考えた。

もしかしたら、日曜日に委員長と一緒に本屋に行く約束をしたからかもしれない。

浮かれている……そんな感覚がして、ちょっと恥ずかしくなった。

「おい、アキラ。ボーッとしてないでなんかやれよ。遊びに来たんだろ？」

デンくんにコインを一枚投げられた。このゲームセンター専用のコインだ。

このコインでゲームをして、クリアすればコインを増やせる。そしてまた、増やしたコインでゲームができるシステムだ。

良かった。浮かれているのには気づかれてないみたいだ。

自分の表情に変化がなかったと分かって、妙に安心した。

「なんのゲームにするー？　あ、アキラにはこんなのがいいんじゃないかー？」

キュウくんが楽しそうに勧めてきたのは、格闘ゲームだった。

左側にコントロールバー、右側にカラフルなボタンがたくさん……。初見で技を繰り出すのは難しそうに見えた。

「ねぇ、それよりノンくんは？」

ゲームより、さっきから姿が見えないノンくんが気になった。

ちょっと離れたところでメダル落としをしていたデンくんが、俺の声に反応する。

「さっき、電話が来たって言って外に出たぞ？」

「えー？　ここで電話できないって、まさか彼女かー？」

「ここじゃうるさくて声が聞こえねーだけだって。どうせ母親だろ」

確かに、たくさんのゲーム機がそれぞれに音を発している空間で、電話はしにくい。

「ちょっと外に様子を見に行くついでに、場所を変えるか」

デンくんがゲームを切り上げ、出口に向かう。

俺とキュウくんも後に続いて出口に向かった。

外はどんよりとした曇り空で、まだ日が明るい時間のはずなのに、薄暗かった。そろそろ雨が降るのだろうか。

「あ、ノン！　電話終わったか？」

デンくんがノンくんを見つけて声をかける。

するとノンくんは、スマホ片手に険しい表情で俺たちを見た。

「デン……マズイことになったんだな」

「ん？　マズイこと？」

ただならぬ空気を感じて、デンくんの表情が引き締まる。

「――委員長が、穴熊の奴らに捕まったらしいんだな」

――委員長が？

ノンくんの言葉を聞いて、俺の頭の中が白くなった。

「おい……どういうことだ？」

デンくんの声が上擦っている。

「穴熊の二年の奴から電話が来たんだな。この前の仕返しに、委員長を攫ったらしいんだな。返してほしければ探せと……これは隠れんぼだと言われたんだな。制限時間は、雨が降るまで」

ノンくんが苦々しい顔で言った。

「雨が降るまで？　もういつ降ってもおかしくない空模様だぞ……くそっ」

デンくんが苦々しい顔で吐き捨てた。

「二年ってことは、リーダーは黒松ゲンジか。でも、なんで委員長を攫うんだよ？」

デンくんの疑問にキュウくんが答える。

「俺たちと普段関わっている女子は、委員長と荒木ヒロミぐらいだろー。傍から見れば、委員長と荒木ヒロミは俺たちにとって特別に見えたんじゃないかー？」

「はあ？　なんだその色んな方面に迷惑な解釈は!?」

叫ぶデンくん。

「警察……に言うのはマズイかー……」

キュウくんが渋い顔で言った。その言葉に、デンくんが頷く。

「そうだな……黒松のことだ、警察なんて呼んだらキレて委員長に何するか分かんねー
……それにあいつは、警察を見てビビるようなタマじゃねーし……」

そして急に、デンくんが俺の背中をバシッと叩いた。

「そんでお前は、いつまで思考停止してるつもりだ!?」

背中に走った衝撃で、俺はハッと我に返った。

そうだ。ボサッとしている場合じゃない。委員長を助けに行かないと。

居ても立ってもいられず、走り出す。

「あ、おい！　アキラ！」

俺の後ろからデンくんが走ってきて、横に並んだ。

慌てて追いかけてくるキュウくんとノンくんの気配も、後方に感じる。

「お前なぁ……ちょっと待てって！　助けに行きたいのは分かるけど、委員長がどこにいるか分かんねーだろ！　どうする気だよ!?」

「穴熊高校に行けば、誰か一人ぐらい知ってるでしょ？」

デンくんの問いに即答する。

するとデンくんは眉を寄せて険しい顔をした。

「わざわざ『隠れんぼ』なんてふざけた言い方してんだ。自分たちの学校なんて分かりやすい場所にいるわけねーだろ。きっと別の場所だ。それから犯人は二年の奴らだって分かってる。なのに穴熊高校に乗り込んだら、一年も三年も全員相手にすることになるぞ⁉」

「だから？」

何が問題なのだろうか。

全員ぶっ倒す必要があるなら、全員ぶっ倒せばいいだけの話だ。

そう思ってさらっと返したが、デンくんが怒鳴る。

「だから？　じゃねーよ‼　そんな無駄足踏んでたらもう雨が降るぞ！　そしたら委員長がどんな目に遭わされるか分かんねーだろが！」

急に頭が冷えた。

それによって、さっきまで頭に血が上っていたことに気づかされる。

――そうだ。何よりまず、委員長を助けなくちゃいけない。穴熊高校を壊滅に追い込むのが目的じゃなかった……。

俺が足を止めると、しばらくしてキュウくんとノンくんが追いついた。

「キュウ、ノン、どこだと思う？」

デンくんが二人に問いかける。

「デンが言った通り、穴熊高校にいるとは考えられないんだよなー」

と、キュウくんが答えた。

「奴らの行動範囲から推測すると、そのさらに北にある土竜(もぐら)高校が最有力なんだな」

と、ノンくんが答える。

二人の返答を聞いて、デンくんが唸(うな)った。

「土竜高校か……。心霊スポットになってる廃校を舞台に選ぶとは、なかなかオシャレじゃねーか……」

デンくんの言葉には、皮肉がこもっていた。

私立土竜高校。そこは昔、県立穴熊高校と同じくヤンキーの多い高校だったと聞く。しかし穴熊高校が近くにあったせいで、ヤンキー同士の縄張り争いが激化。抗争が原因で廃校に追い込まれたという噂(うわさ)だ。廃校になったことを悲しむあまり亡くなった校長の幽霊が出るらしく、地元じゃ有名な心霊スポットである。

場所が分かれば問題ない。

俺が再び走り出すと、三バカトリオが慌ててついてきた。

「待てって！　アキラ！」

「……待ったら、どうにかなるの？」

いちいち呼び止めるデンくんがちょっと面倒くさい。

早く委員長を助けに行きたくて、気が焦る。

デンくんを無視して走っていくと、後ろから大きな声で呼び止められた。

「――おい！　お前ら待て!!」

その声が無視できない人物のものだと気づいて、俺は素直に足を止めて振り向いた。

俺の後方にいた三バカトリオも振り向いている。

……俺たちを呼び止めたのは、委員長の親友の荒木(あらき)さんだった。

「あたしも連れてけ!!」

走って来たのだろう。肩で息をしながら荒木さんが言った。

「穴熊(あなぐま)の奴(やつ)らにシズカが攫(さら)われたって聞いた！　あいつらが急にあたしを呼び出すから何かと思えば、あたしをシズカから引き離すためだったらしい……。あいつらの真の狙いはシズカだったんだ……やられた」

「は？　お前も穴熊の奴らに何かされたのか!?」

デンくんが荒木さんに近寄る。その姿は、荒木さんを心配しているように見えた。

「別に……ちょっと呼び出されただけだよ。全員蹴り飛ばして試合終了。そんで、そいつらからシズカ誘拐計画を聞いて、ここまで来たところだよ……」

「……まぁ、オメーより委員長の方が攫いやすそうだもんな……」

「そんなのがシズカを攫っていい理由にはなんねーよ!!」

「イテェ!!」

荒木さんが勢いよくデンくんの脛を蹴った。

「あたしも行く。相手は二年って聞いたぞ。黒松ゲンジが黒幕だろ」

「バーカ。そんな手で何ができんだよ。片手一本で相手ができるほど、穴熊の巣窟は温くねーぞ」

荒木さんの右手には、まだ包帯が巻かれている。デンくんの指摘は、もっともだ。

荒木さんも、今の自分が戦力にならないのは分かっているのだろう。だからこそ、悔しそうな顔をした。

「さっきは勝った」

「どうせオメーを委員長から引き離すために用意された下っ端だろ。雑魚相手に勝ったくらいで、調子に乗んな。これから相手にするのは、喧嘩の手練が少なくとも十数人。数に物を言わされたら、オメーなんて一溜まりもないぞ」

「じゃあ、お前らだけで本当にどうにかなんのかよ!? 数じゃ全然敵いっこないのは、お前らだって同じだろ!?」

荒木さんの声は震えていた。

「だから、オメーがついてきたら困るんだろうが。オメーを庇って戦う余裕はねぇんだよ」

デンくんの言葉は厳しかった。でも、どこか優しい感じもした。

「俺からもお願いしたいんだけど、荒木さんは来ないでほしい」

俺がそう言うと、荒木(あらき)さんは俺をキッと睨(にら)んだ。そして、左手で俺に掴(つか)みかかる。

「お前まで……なんでだよ……？」

怒りに燃えた目が、俺を見ている。

視線を逸(そ)らしちゃいけないと思って、俺は荒木さんをまっすぐに見返して答えた。

「俺もデンくんに賛成だ。荒木さんを守りながらは戦えない」

「別に守ってくれとは言わない！　やられててもほっといて先に進んでくれればいい！」

「それはできない。荒木さんが怪我(けが)をしたら、委員長は悲しむだろうから」

俺がそう言うと、俺を掴んでいた荒木さんの手から僅かに力が抜けた。

「俺は、黒松(くろまつ)ゲンジって奴(やつ)がどんな奴か知らないけど、相当厄介な奴なんでしょ？　俺たちは敵に専念したい。委員長のことは必ず助けるから……荒木さんは、信じて待っていてほしい」

荒木さんがうつむく。

「シズカを……ぜってぇ助けてくれるんだよな？」

荒木さんは下を向いていて、表情が見えない。

でも、泣きそうな顔をしている気がした。

「うん」

俺は決意をこめて頷(うなず)いた。

返事を聞いて、荒木さんがゆっくりと手を離す。

「警察を呼ぶなんて早まった真似すんじゃねーぞ？　分かってんな？」

デンくんが荒木さんに釘を刺した。

すると荒木さんはチッと舌打ちをする。

「んなこと知ってるわ！　馬鹿にすんなドアホ！　お前らもこの前の路地裏みたいな醜態晒すんじゃねーぞ⁉」

「何だと⁉　俺たちがあの時のままだと思うなよ⁉　あれからバリクソ鍛えたからな‼」

荒木さんに咬みつきそうになっているデンくんを、キュウくんとノンくんが「まぁまぁ」と宥めている。

デンくんに怒鳴っていつもの調子に戻った荒木さんは、強い目で俺を見た。

「黒松ゲンジは、穴熊高校二年をまとめるリーダーだ。簡単に説明すると、前にシズカに絡んできたＤＱＮより強いからな……」

「うん」

「あいつは手段を選ばない。自分の欲望のためなら、警察の世話になることだって厭わない。シズカに何をするか分からないから、警察は呼ばないからな？　それから、部下の奴らは黒松を恐れて、捨て身でかかってくるから気をつけろ。穴熊の連中は、喧嘩に負けたら黒松に殺されると思ってる。喧嘩をして死ぬか、負けて黒松にボコられて死ぬかのどっちかしかないんだよ」

「分かった」

「そして最後に覚えておけ。……もしシズカに何かあったら、あたしはお前ら全員、地獄に堕とすからな」

よく見ると、荒木さんの目には涙が溜まっている。

抑えきれない怒りと悔しさを感じて、俺も胸が痛かった。

「うん……」

一言返事をして、俺は荒木さんに背を向けて走り出す。

「あ、こら!! だから一人で行くんじゃねー!!」

後ろからデンくんの声が飛んで来た。

——もし委員長に何かあったら、荒木さんが何かしなくても、俺は地獄に堕ちるだろう。

平穏だった日常は崩れ去り、もう二度と元の形に戻ることはない。

ここで委員長を助けられなかったら、俺は一生後悔する。

委員長の優しい笑顔がもう見られなくなってしまったら……そう思うだけで胸が苦しくなる……。

「アキラ! こっちが近道だ!」

デンくんが走ってきて隣に並ぶ。そして、舗装されていない雑木林の細道を指差した。

「こっちを突っ切った方が早い！　抜け道だ！」

「分かった」

舗装されていない道は草に覆われ、時折木の根っこが飛び出ていて足を引っ掛けそうになる。

それでもスピードを緩めない。一秒でも早く到着することしか考えない。

空は重くて、今にも落ちてきそうな色をしている。

風を切って走っていると、いつもより冷たい風が余計に心をざわつかせた。

――委員長、どうか無事でいて……。

誰かを想(おも)ってこんな辛(つら)い気持ちになるのは、生まれて初めてだった。

◇

猫岡沢(ねこおかざわ)市の北部にある、私立土竜(もぐら)高校。その二階の教室。

私は後ろ手に縛られて冷たい床に座りこみ、窓から空の様子を見ていた。

まだ昼間だというのに、外は薄暗い。分厚い雲が空を覆い尽くしていて、余計に憂鬱な気分になる……。

土竜高校は、既に廃校になっている。だからそこにあるのは、朽ち果てた校舎と埃(ほこり)を被(かぶ)った備品たち。心霊スポットとして地元で有名なせいで、黒板にはおどろおどろしい落書きがあった。赤いペンキか何かで『お前はもう呪われている』と書かれている。

この教室に来る前、通りすがった教室にはまだ机や椅子が残っていた。しかし、私が今いる教室には、机も椅子もない。

何もない教室はこんなに広く感じるものかと驚いた。でも、そんな驚きを共有できる相手はここにいない。

私と同じ教室にいるのは、私を攫(さら)った黒松(くろまつ)という男と、部下らしきヤンキーが二人。ここに来るまでに、校舎一階の至るところで穴熊(あなぐま)高校のヤンキーたちを見たが、二階に上がってからはこの三人以外に誰も見なかった。

後ろで縛られている私の手は、緊張で指先まで冷たくなっている。どうにか自力で拘束が解けないものかと試してみるが、ビクともしなかった。

するとその時、黒松が私に話しかけてきた。

「さぁて学級委員長、三バカトリオはちゃんとここを見つけられると思うか！」

返答するか迷ったが、勇気を出して言う。

「三バカトリオに用があるなら……ちゃんと場所を伝えるべきじゃないでしょうか？」

居場所を伝えなかったら、三バカトリオが辿(たど)り着(つ)けない可能性も出てくる。

それが気になっている私を見て、黒松が笑った。

「おいおい。隠れんぼしてて居場所を伝える奴（やつ）があるか？　そんなことしたら興醒（きょうざ）めだろうが」

「でも、相手は三バカトリオだし、もしここが分からなかったら……？」

「そうなったらそうなったで、あんたを思う存分可愛（かわい）がってその辺に捨てるだけだ」

ゾッとした。

私を見下ろす目はひどく冷たい。

無関係な者を巻き込むことに、なんの抵抗もないらしい。

飽きたら壊して捨てるだけ。私は物以下の存在のようだ。

——とんでもないトラブルに巻き込まれてしまった……。三バカトリオが目的なら、私が攫われる理由は何？　無作為に同じ学校の生徒を選んだの？

いや、黒松は私を学級委員長と呼ぶ。きっと最初から私を攫う予定だったはずだ。

「……三バカトリオが、あなたに何をしたんですか……？」

ここまで大掛かりなことをして、三バカトリオを呼び出す理由が分からない。

震える声で聞くと、黒松がふっと鼻で笑った。

「昨日、カツアゲ中の部下が三バカトリオに邪魔されて、ボコられたらしい。だから、俺はリーダーとしてその借りを返さなきゃなんねぇんだよ。ん？　分かるか？」

子供に説明するような、優しい口調だった。

しかしその内容は解せない。

「それって……三バカトリオは悪くないんじゃないですか……？」

完全なる逆恨みに聞こえた。

思わず正論を唱えた私を見てから、黒松が下を向く。

何も言い返さない黒松を見て不安を感じていると、黒松の肩が震え出した。

ククククと不気味な声が聞こえたかと思うと、やがて大きな声で笑い出す。

「あーははは！　三バカトリオは悪くないんじゃないですか……だと？　これは傑作だな！　おいおい勘弁してくれよォ……」

泣きそうな勢いで笑う黒松。笑い声が耳に刺さりそうだ。

異様な笑い方に引いていると、ふっと黒松の顔から笑みが消えた。

一瞬で顔から表情が消える。

目は軽く見開かれ、一点を見つめている。どこを見つめているか分からない、ゾッとするような目だった。

「分かってねぇな……三バカトリオが善か悪かなんて、俺には何も関係ないんだよなァ……そんなことはどうでもいいんだよ……すべてはアレだ。言わなくても分かるだろ……？　なァ？　言わせんなよそんなこと……――穴熊のヤンキーが寄鳥のヤンキーに負けるなんて、天と地がひっくり返っても許されねぇことなんだってことをよォ！」

急に黒松が怒鳴った。

教室、それから廊下、学校全体に響き渡るんじゃないかと思うような怒声だった。

全身の筋肉がギュッと縮こまって、嫌な汗が噴き出してきた……。

「俺たちはなァ、寄鳥のヤンキー共が嫌いなんだよ！　ヤンキーのくせに勉強ができて、将来をちゃんと考えてますってとこに虫酸が走る！　ファッションヤンキーかよ！　ヤンキー舐めんなよ！　欲望のままに行動し、法を破り、傷つけ、壊す！　人間っていうのは汚くて、勝手で、クソみたいな存在だってことを体現するのがヤンキーなんだよォ！」

そう言いながら、ドスドスと足音を立てて黒松が私に向かってくる。

目を合わせたら殺されるんじゃないかと思って、私は彼の足元に視線を落とした。

「分かってくれたかな？　学級委員長さん」

納得なんて何一つできない。でもこいつが、話をしたところで分かり合える人間じゃないことは分かった。

突然大笑いしたかと思えば、突然キレる。情緒のメーターが壊れているとしか思えない。

黙ってしまった私を見て、黒松が笑った。

「……にしても、あの虎石デンの彼女がこんな真面目なお嬢さんだとはな……。あれか？　真面目に生きてきた反動でヤンキーに恋しちゃった感じか？　なぁ、あんたを可愛がって捨てたら、虎石デンはどんな顔をするのかなァ……？」

「……え？」

――この人、今、なんて言った？

何度も自分の頭の中で確認する。

でも何度確認しても、私がデンくんの彼女扱いされている気がした。

すると私の微妙な表情を見て、黒松（くろまつ）が眉をひそめた。

「なんだ？　その顔は？」

「……えっと……私、デンくんの彼女じゃないんですが……」

私が正直に言うと、薄暗い教室に妙な緊張感が走った。

黒松がくるっと私に背を向けて、部下のヤンキーの一人にツカツカと歩み寄る。

そして――壁に立てかけてあった金属バットを掴（つか）むと、部下の一人の腹部目掛けて勢いよくバットを振るった。

「ぐはっ――」

容赦ない力でバットが腹部に打ち込まれる。その反動で、ヤンキーの体が二メートルほど吹き飛び、そのまま倒れた。倒れたヤンキーは、息をすることも苦しそうに喘（あえ）いでいる。

私は自分が殴られたような気持ちになって、息が詰まった。

早く病院に連れて行かないと死ぬんじゃないか。そう思って、おどおどと黒松ともう一人のヤンキーの様子を窺（うかが）う。

しかし黒松も部下のヤンキーも、彼を助ける様子がない。

「間違った情報を寄越しやがったな。この無能が……。おい、こいつを外に捨てておけ」

「はい」

黒松がドスの利いた声で言い、部下のヤンキーが倒れたヤンキーを廊下に引っ張り出す。

倒れたヤンキーは返事もできないのか、口をパクパクさせながら引きずられていった。

——仲間なのに、なんてことするの……？

そう言ってやりたいのに、声が喉に貼り付いて出てこない。

黒松の強さと容赦のなさを見せつけられて、体が震える。

部下にバットを喰らわせたばかりの黒松が、ゆっくりと振り向く。そして私が怯えているのに気づいたのか、黒松が笑った。

「おや？　ちっと刺激が強すぎたか？　大丈夫だって！　三バカトリオが来たら、ちゃーんと三バカトリオをボコるから！　それで満足できたら、あんたは何もせずに解放してやるよ！」

明るい調子でニコニコして言うから、逆に不気味だった。

埃っぽい床に座り込んだまま、私は身動きが取れなくなる。

汗を拭うこともできず、額から流れた汗が顎に流れた。顎から落ちた汗が制服のスカートに落ちる。

胃のあたりが気持ち悪くて、吐きそうだった。

――もう、ヤダ……。

泣きたい。泣いてもどうにもならないと分かっているけど、泣きたくて仕方ない。

その時ふと、臼井くんのことを思い出した。

――ごめんね……臼井くん。せっかく日曜日に約束したのに、一緒に出掛けられそうにないや……。

私が今日帰らぬ人になったら、臼井くんはどう思うんだろうか。悲しんでくれるかな。

こんなことになるなら、屋上に呼んだ時、ちゃんと告白しておけば良かった。自分の気持ちを素直に伝えた時の、臼井くんの顔が見てみたかった。返事はどちらでもいいから、私の気持ちを受け止めてくれた臼井くんの答えが聞きたかった。

きっと臼井くんなら、告白を断る言葉でさえ優しいに違いないから。

でも、それもきっともう叶わない。

「さーてそろそろ来ないと、もうすぐ雨が降り出しちまいそうだなァ……」

いますぐでも雨を降らせそうな雲を指差して、黒松が言った。

黒松は言っていた。制限時間は雨が降るまでだと。

私のギロチンは、いつ落ちてくるか分からない。

◆

雑木林を走り抜けた俺は、土竜（もぐら）高校の校門の前で足を止めた。

「――ビンゴだな……」

後ろから走ってきたデンくんが、荒い息を整えながら言う。

デンくんの言うとおり、廃校のはずの土竜高校には穴熊（あなぐま）高校のヤンキーたちの姿があった。

迷わずすぐに敷地内に入ろうとした俺を、デンくんが止める。

「おい！　ちょっと待て！　休憩!!」

「え？　休憩？」

デンくんの発言の意味が分からなくて、自然と足が止まった。

「オメーな！　ここまでこんなに走ってきたのに、今すぐ穴熊ヤンキーの相手ができるかよ!?　キュウとノンを見てみろ！」

デンくんに言われて、遅れてやってきたキュウくんとノンくんを見る。二人はマラソン大会の後みたいにヘロヘロだった。

「……じゃあ三人は休憩してて良いよ。俺一人で片付けとくから」

拳（こぶし）を握って、手の動きを確かめる。

ここまで走ってきたから、いい感じに体が温まっていた。

「くっそぉこの戦闘民族めー！　あーもう分かったよー。サポートするから、アキラは好きにしろってー」

俺に止まる気がないのが分かったのか、キュウくんが帽子を被り直しながら言った。

「確かに悠長にしている暇はないんだな。アキラが行けるなら、行くしかないんだな」

ノンくんがそう言って、深呼吸する。

「本当にオメーは、委員長のことになると人が変わったように動くよな……」

デンくんが頭をガリガリ掻きながら言った。

「ちゃんと手加減しろよ。俺たちまで穴熊高校の奴らと同じレベルまで落ちる必要はねーんだからよ」

「了解」

デンくんにゴーサインをもらって、校庭に足を踏み入れる。

殺気立った穴熊ヤンキーたちが、俺たちを見つけて近寄ってきた。

「よく来たな……三バカトリオ」

穴熊ヤンキーの一人がこちらに向かってそう言った。デンくんが応じる。

「なぁ、喧嘩するのは構わねーんだがよ。その前に委員長を返す気はないのか？」

すると、デンくんの言葉を聞いた穴熊ヤンキーたちが笑い出した。

「ぶははは っ！　よっぽどあの女子が大事なんだな！　どうだ？　大好きな彼女を人質に取られた気分は？」

「え？」

「え？」

「え？」

俺とキュウくんとノンくんがほぼ同時に、デンくんを見た。

デンくんは固まっている。

「……デンくん、委員長と付き合ってたの……？」

俺はなぜか、すごく動揺していた。

自分の中で一番仲が良かった女子と、一番身近にいた男友達が付き合っているのに気づかなかったなんて……。

──あれ？　俺、今、ショック受けてる……？

新しい感情が芽生えて、さらに戸惑った。

そんな俺の顔を見て、デンくんは大慌てで叫んだ。

「んなわけねーだろ!!　それはオメーが一番よく知ってるだろうが!!　なぁ、アキラよ!!」

「いや……ごめん。俺、そういうのに疎いから……」

「付き合ってねーよ!!　絶対にありえねーから!!」

デンくんが俺の肩を掴(つか)んで力説する。顔が真っ赤だ。

「おやおや？　照れてんのかよ……可愛(かわい)いとこあんじゃねぇか！」

必死に否定するデンくんを見て、穴熊(あなぐま)ヤンキーたちがお腹(なか)を抱えて笑っている。

デンくんの額に血管が浮き出た。

「テメーらいいかげんにしろ!!　話をややこしくすんじゃねぇぇ!!」

「あの……別に、付き合ってるなら……応援するし」

俺がデンくんに声をかけると、デンくんが俺の肩を掴む手に力を込めた。

「マジでよく聞けゴルァ……委員長が好きなのはなぁ……！」

——委員長が好きなのは……？

その先を聞くのを待っていたのに、デンくんはそこで口を噤(つぐ)んだ。

「……デンくん？」

「いや、なんでもねーよ。気になるなら委員長をさっさと助け出して、オメーが自分で聞けばいい」

胸の辺りに不思議な感覚が広がった。

これは何か。考えてもハッキリとした答えは浮かばない。

おぼろげに感じるのは、不安、焦り、期待……。

——期待？　俺は、何を期待しているんだ？

「アキラ……まずは集中しろ。黒松に何かされる前に委員長を助けなきゃな」

名前を呼ばれてハッとする。

静かにゆっくりと呼吸をすると、全身の神経がピリッとした。

俺は委員長を無傷で取り戻さなければいけない。

荒木さんのためにも……きっと俺自身のためにも。

俺が気を引き締め直したのを見て、デンくんが俺の肩から手を離した。それから穴熊ヤンキーたちと対峙する。

「まったくふざけんなよテメーら！　まさかそんな勘違いで無関係な委員長を攫ったとはな……ビックリすぎなんだよゴルァ!!」

デンくんが穴熊ヤンキーたちに向かって怒鳴った。

「くくく！　勘違いかどうかは知らねぇが、助けに来たところをみると、大事なのには変わりねぇんだろ！　返して欲しければ力ずくで取り返してみろや!!」

穴熊ヤンキーたちが一斉にこちらに向かってくる。

それを合図に俺たちも動いた。

向かってくる穴熊ヤンキーを片っ端から倒す。俺が穴熊ヤンキーの群れに穴熊ヤンキーを投げつけていると、三バカトリオが絶妙なコンビネーションで戦っているのが見えた。

向かってきた穴熊ヤンキーをデンくんがいなし、バランスを崩したところをキュウくんとノンくんが仕留める。いつも一緒に喧嘩している三人ならではの、見事な連携プレーだ。

地面に転がる穴熊ヤンキーたちの数は、どんどん増えていく。

しかし、圧倒的に敵の数が多い。

「埒が明かないんだな！　アキラとデンは先に行くんだな！」

「そうだなー！　ここはノンと俺に任せろー！」

ノンくんとキュウくんが叫んだ。

「分かった！　キュウ、ノン、頼んだぞ！　アキラ、校舎に向かうぞ！」

「了解」

キュウくんとノンくんに校庭の穴熊ヤンキーたちを任せ、穴熊ヤンキーの群れを突破。

俺とデンくんは校舎に乗り込んだ。

土足のまま玄関に上がり、一階の廊下を走る。すると教室に潜んでいた穴熊ヤンキーたちが、次々と飛び出してきた。

俺は殴りかかってきた穴熊ヤンキーの腕を掴み、他の穴熊ヤンキー目掛けて振り回して叩きつける。デンくんが殴ってバランスを崩した穴熊ヤンキーは躊躇なく踏みつけ、次の穴熊ヤンキーを蹴り飛ばした。

「こいつ、三バカトリオにパシられてる陰キャか!?　なんでこんなに強いんだよ!?」

穴熊ヤンキーの一人が叫んだ。

「悪いんだが、俺たちのパシリは、そんじょそこらのパシリとは格が違うんだよ」

発言を受けて、なぜかデンくんが自信満々に答えた。

穴熊ヤンキーを蹴散らしながら、俺はただひたすら前に進む。

——委員長はどこだ……!?

焦りで、気が散る。

「——アキラ！」

突如として名前を呼ぶデンくんの声に、警告の響きを感じた。

殺気を感じて、反射的に身を引く。——すると目の前を、何かがブォンと唸りを上げて横切っていった。口元にビリッと鋭い痛みが走る。

穴熊ヤンキーの一人が、釘の刺さったバットを振り回していた。俺の避けたものが窓ガラスに当たって、ガラスが派手に割れる。

前方を確認すると、いつの間にかバットやバールのようなものを持った穴熊ヤンキーが全部で五人いて、廊下を塞いでいる。

「大丈夫か!?　アキラ！」

デンくんが叫んだ。

俺は口元を袖で拭った。袖に赤い血が付く。掠っただけだと思ったが、切れたらしい。

「待ってたぞ！　三バカ！」

穴熊ヤンキーの一人が吠えた。

「デンくん、黒松は？」

この中にいるのか、という意味を込めて聞いた。

デンくんは、すぐに答えた。

「いねーよ」

やはりそう簡単には総大将の顔は拝めないらしい。

「委員長はどこだ？」

俺が問うと、穴熊ヤンキーは鼻で笑った。

「誰が教えるかよ!?」

「なら、お前らに用はない」

「なんだとぉ!?」

俺の言葉に逆上した穴熊ヤンキー集団が、武器を振り回しながらこちらに向かっている。

さすがにリーチが長くて距離を詰めづらい。が、それなら近づかずに攻撃できればいい。

「おらおら！　防戦一方じゃここは通れないぞ!?　虎石デン！　お姫様を助けに来たんじゃないのか!?」

穴熊ヤンキーが、余裕の笑みを浮かべて言った。

「俺の姫みたいに言うんじゃねー」

　バットを避けながら面倒臭そうにデンくんが言い、急にふっと笑った。

「──悪ぃな。騎士は別にいるんだよ」

デンくんが穴熊ヤンキーと話している途中、俺は教室の後ろ側の入口から中に入った。

そこには、今はもう使用されていない机や椅子が残されている。

椅子の背もたれを掴むと、手に埃が付いた。

「はっ！　ここには壊れた椅子と机しかねぇよ！　今さら武器を探そうったって、無駄だ！」

　バットを持ったヤンキーが一人、前側の入口から教室に入ってきた。

「そう？　武器なら山ほどあるんだけど？」

言いながら、そいつに向かい右手で椅子を投げつける。

飛んできた椅子に驚いた穴熊ヤンキーは、反射的にバットで打ち落とそうとする。が、その間に俺は、左手で二個目の椅子を投げつけていた。

「うわああ!!」

　飛んできた二つ目の椅子を捌き切れずに、穴熊ヤンキーは椅子の直撃を受けた。それを見届けるより先に机の上を走り、距離を詰め、穴熊ヤンキーの顔面に飛び蹴りを喰らわす。

俺に顔面を潰された穴熊ヤンキーは、バタリと後ろに倒れた。

　だが、これで終わりじゃない。

俺はすぐに倒れた穴熊ヤンキーのバットを奪い、デンくんに向かって投げた。

「デンくん！」

「おう！」

後ろ側の入口からデンくんが手を伸ばし、バットをキャッチした。

「や、野郎!!」

仲間が教室でやられるのをポカンと見ていた穴熊ヤンキーたちが、ようやく我に返って襲撃を再開する。

「教室の奴は後だ！　まずはこっちから潰すぞ！」

穴熊ヤンキーの狙いは、まずデンくんに絞られたらしい。

「けっ！　ナメられたもんだなぁ！」

デンくんは相手のバットを躱しながら、自分のバットを相手の脛にぶち当てた。

「イッテェ!!」

「おらおら！　背後にも気をつけろよ！」

悲鳴を上げた穴熊ヤンキーをバットで薙ぎ払いながらデンくんがそう言うと、残りの穴熊ヤンキー三人が自分たちの後ろに注意を向けた。

「――別にそれ、言わなくても良くない？」

前の入口から廊下に出て、穴熊ヤンキーたちの背後に回っていた俺。持っていた机を、頭上から穴熊ヤンキー目掛けて振り下ろす。

　机が一人の脳天に直撃し、ゴッと鈍い音を立てた。

　頭をフラフラさせながら、机でダメージを喰らった穴熊ヤンキー二人は、デンくんのバットに足を払われてよろける。

　俺の不意打ちに気を取られた残りの穴熊ヤンキーが床に倒れる。

　倒れかけた二人の鳩尾に、デンくんが二連続でバットを突き上げた。

「かはっ……！」

「ごふっ……！」

　よろよろと最後の二人も床に倒れ……動かなくなる。

　廊下に響くのは、俺とデンくんの息遣いだけになった。

「大丈夫か？　アキラ」

「うん、大丈夫」

「よし……行くぞ」

　すぐに先を目指して走り出す。

　デンくんには大丈夫と答えたけど、俺はそんなに大丈夫じゃなかった。

　委員長が攫われたと聞いてから、腹の中に知らない感情が沸々湧き上がり、強い衝動が全身を駆け巡りそうになる。こんなに激しい感情に揺さぶられるのは初めてで、正直どうしたらいいか分からない。気を抜けば、我を見失いそうだ。

——委員長、どこだ……!?

強く委員長のことを想うと、不意に、一緒に駅まで帰った日のことを思い出した。


——あー……臼井くんと話すの、楽しいなぁ！


あの日から俺の脳裏に焼き付いて離れない、委員長が俺に向けたキラキラした笑顔。可愛いと思って、ドキドキした。

ついこの前まで、学級委員長とただのクラスメイトという関係だったのに。つい最近になって、友達同士になったばかりなのに。委員長は俺の心の中で、一番大きな割合を占める存在になっていた。

二人で放課後に勉強して一緒に帰れるような、あの優しい世界の続きに戻りたいと強く願う。そしてそれを実現させるためにも、何が何でも委員長を取り返さなければならない。

彼女を傷つけたら、誰であっても許さない。

きっと彼女を守れなかった自分自身も、許せない。

——間に合え………間に合ってくれ！

廊下を走り、角を曲がる。すると、二階に続く階段が見えた。

ボスっていう生き物は高いところが好きなイメージがあるから、迷わず上を目指す。すると踊り場まで行ったところで、上のほうからテラテラ光る液体が流れてくるのに気づいた。

二階から銀色の重そうな缶を傾けて、謎の液体を階段に流す穴熊(あなぐま)ヤンキーが三人いる。妙に甘い匂いから液体の正体に気づき、俺は足を止めた。が、デンくんは勢いのまま階段を上ろうとし、滑って派手に転んだ。

「イッテー!!　なんだコレ!?　ヌルヌルじゃねぇか!!」

転んだ際に階段に額をぶつけたのか、デンくんの額が赤くなり、液体がついていた。

「けけけ！　ワックスだよ！　さぁどうする!?　これでお前らは二階に上がれねぇ！　ちなみに、他の階段にもたっぷりと撒(ま)いてあるからな！」

親切なことに、穴熊ヤンキーが液体の説明をしてくれた。

他の階段にも撒いたというのが、本当かどうかは分からない。しかし、仮に本当なら、別の階段に向かっても時間の無駄になるだけだ。

階段の段数は残り十二段。階段に一度も足を着けずに上に行くのは難しい。

そう……一度でも足を着ける場所があれば、上に行けるのに……。

「くそ……！　何か足場になるものはないのか!?」

悔しそうなデンくんを見て、俺は「あ……」と声を漏らした。

「え？　何だよ？」

「デンくん……踏み台になってくれない？」

「あぁ!?」

デンくんはいつも黒いマスクをしているから、口元がどうなっているのか見えない。でも今の声から察するに、口元が相当歪んでいそうだ。

——その時いきなり、校舎内にけたたましい笑い声が響いた。二階から聞こえる獰猛な笑い声。

「黒松は二階だな!?」

デンくんが叫んだ。

「けけけけ！　これから黒松さんが連れてきた女子生徒を可愛がるところのようだな！　お前らはそこで、女子生徒がボロ雑巾のように使い捨てられるのを待ってろ！」

階段の上で笑う穴熊ヤンキーたち。

俺は思わず拳を握った。自分の掌の肉に、自分の爪が食い込む。

「くそ……迷ってる暇はねーな！　仕方ねー！　アキラ！　思いっきり踏めー!!」

デンくんが「うおおおお」と雄叫びを上げながら、階段に覆いかぶさるように大の字に倒れた。ヌルヌルする階段を滑り落ちないように、階段の滑り止めの僅かな段差に指でしがみついている。デンくんの頭の位置は、階段の半ば少し下くらいだった。

――これなら行ける！

俺は一度下がり、助走をつけてデンくんに向かった。

階段下から跳び、デンくんの背中を踏みつけてもう一度跳躍。

驚いた顔で俺を見ている穴熊ヤンキーの肩を掴(つか)んで階段に引き倒し、その上を踏んで、二階に到着した。

「な……お前……なんなんだ……」

俺の動きがよほど信じられなかったらしい。残された二人の穴熊ヤンキーは、腰を抜かして床に座り込んだ。

俺が冷たく見下ろすと、身を寄せ合ってビクッと震える。

「お、おゆ、おゆ、ゆるし……ゆるして……！」

唇がブルブルと震えるのか、上手(うま)く喋(しゃべ)れないようだ。

「よく聞こえないんだけど……」

穴熊ヤンキーたちの目は見開かれ、短く荒い息をしている。俺を見る目には涙と一緒に、許しを乞う気持ちが浮かんでいた。

だが、俺は冷たく言い放つ。

「まさか、謝れば許してもらえるなんて思ってないよね？」

穴熊ヤンキーたちは悲鳴を上げて逃げ出した。そして自分たちが撒(ま)いたワックスで足を滑らせ、階段下に滑り落ちていく。

見事な勢いで下まで落ちたせいか、そのまま動かなくなった。

階段にいるデンくんも穴熊（あなぐま）ヤンキーたちも、ワックスに汚れたまま階段下に転がっている。

「デンくん？　大丈夫？」

ここまで一緒に来た仲間に呼びかけてみた。が、デンくんが動く気配はない。強く踏み込んだせいで、気絶しているのかもしれない。

――でももう、デンくんの目が覚めるのを待っている時間はない。

デンくんの協力を無駄にしないためにも、俺は即座に一人で先に進む決意をした。

二階の廊下には穴熊ヤンキーたちの姿が見えない。が、どこからか誰かの話し声が聞こえる。

先程の笑い声からして、この先に黒松（くろまつ）ゲンジがいるのは間違いない。

腹の奥から、ドクドクと熱いものがこみ上げてくる。

俺は冷静さを失わぬように歯を食いしばりながら、静かに声のするほうに駆け出した。

虎石デン！　どうだ？
大好きな彼女を
人質に取られた気分は？
!?
え？
え？
え……？
デンくんと…
委員長って…
こら！　デンくん！
授業はサボっちゃだめだよ！
うっせーな！　ほっとけよ！
ほっとけないよ…！
だって私あなたのこと…っ
委員長…
実は俺もオメーのことが…!!
モヤ モヤ モヤ モヤ
………
そう…なんだ……
だーかーらー!!
付き合って
ねーから!!
くわっ
パシられ陰キャの
想像力が豊かだった件

第五章　パシられ陰キャが、負けられない件

◇

私のいる二階の教室からは、校庭の様子を見ることはできない。教室の窓から見えるのは校舎裏の雑木林で、校庭を見るには廊下に出るしかなかった。だから……校庭からヤンキーたちの怒声が聞こえてきても、何が起きているのか分からなかった。

……とその時、「様子を見てきます」と言って廊下に出ていった部下のヤンキーが、教室に戻ってきた。そしてスマホでゲームをしている黒松に告げる。

「――黒松さん、三バカトリオが来て、校庭の雑魚どもを倒してるっす。そんで、二人、校舎に入ったっす。校庭の雑魚どもは劣勢。校舎一階のほうが賑やかっすが、ここに到達するにはまだ時間がかかりそうっすね」

――三バカトリオが来てくれたの!?

あの騒ぎは、三バカトリオと穴熊のヤンキーたちとの戦いのもの。しかも、校庭のヤンキーを倒していると聞いて、ドキドキする。

――もしかしたら、私、助かるかもしれない？

急に希望を感じて、ぶるっと体が震えた。

私はここ。ここにいるよと、姿の見えない三バカトリオに向かって念じる。

だが報告を受けた黒松は、まだスマホから目を離さない。ピコピコという緊張感のない電子音が、薄暗い教室で場違いなほど軽やかに鳴り響いていた。

「二人だと？……一人は校庭に残ったか？」

「あれ？　校庭に残ったのは二人っすね……ノッポとデブっす」

ノッポとデブと聞いて、キュウくんとノンくんの姿が頭に浮かんだ。

でも、おかしい。校庭に残ったのは二人で、校舎に入ったのも二人と言っていた。では、校舎に入った二人っていうのは……。

――デンくんと……臼井くんだ。

胸の辺りがそわそわした。三バカトリオが誰かを連れてきたというのなら……臼井くんで間違いない。

臼井くんが来てくれたと思うだけで、既に泣きそうになった。

――臼井くん……臼井くん、臼井くん……！

心の中で何度も名前を呼ぶ。

――助けて……臼井くん！

下を向いて祈っていると、誰かがすぐ前にまで来ているのに気づいた。

ハッとして顔を見るより先に、髪を一房掴まれてグンッと強く引っ張り上げられる。

「イッ……！」

　頭皮から髪を根こそぎむしり取られそうな強さで引っ張られて、痛みで涙が出た。

「どうやら学級委員長は、校舎に入った残りの一人に心当たりがあるようだな？　誰だ？　言ってみろ」

　ギリギリと髪を引っ張り上げられる。

　恐怖と痛みで、私は喋りたくても喋れなかった。

「安心したって顔してたぞ？　そんなに頼りになるヒーローが来てくれたのか？」

　黒松が私の耳元に顔を寄せて、囁いた。

「そいつならここに来てくれると思うのか？　俺のことも倒せると思ってるのか？　俺より強い奴がいると思ってるのか!?　俺がァ、寄鳥のヤンキーにィ、負けると言いたいのかァ!?」

　徐々に声は大きくなり、最終的に怒鳴られた。

　耳元で怒鳴られて、耳がキーンとして、気持ち悪い。

　心臓はずっとバクバクしていて、呼吸をするために胸が動くだけで吐きそうになる。

　その時、黒松がいきなり髪の毛を放した。

　でも、動けない。

　私は崩れるように床に倒れた。肩や頭をひどく床にぶつけたが、もう痛いなんて声すら上げられなかった。

「あのなぁ……学級委員長。三バカトリオは隠れんぼを頑張った。だがそれは勝利じゃない。鬼は俺だ。見つかって負けるのは、あいつらだ。あいつらは、俺に負けるために俺を探したんだよ。俺にボコられるために来たってだけなんだよ。分かるか？」

私の前に、黒松がしゃがみこんだ。

視線と一緒に、何かわからないけれど強い圧迫感を感じる。怖い。

「返事は？」

短く問われる。答えなきゃ殺されると思った。

「はい……」

床に転がったまま答える。声にならないような小さな声しか出なかった。

「返事はもっと大きな声でしましょうって、先生に習わなかったのか？　学級委員長なんだろ？　分かるよな？」

「はい……」

必死に声を振り絞る。なのに、全然声が出ない。

「うんうん、まぁいいだろう。じゃあついでに、黒松くん、ごめんなさいって言ってみようか？　俺、小学生の頃、あんたみたいな女子に色々と言われて、ウザくて嫌だった思い出があってよ……いつか謝らせたいと思ってたんだ」

「……ご、めんなさい……」

「お、素直でいいねぇ。でも、頭に黒松くんを付けるのを忘れちゃったみたいだな？」

「………黒松くん、ごめんなさい……」

私が必死に望み通りの言葉を紡ぐと、黒松が高笑いした。

校舎中にこだまするような、けたたましい笑い声。

この廃校に出るという幽霊さえ逃げ出すんじゃないかと思うほど不気味だった。

「あー最高!! この遊び最高だな!! 優等生女子に謝らせるのいいじゃん!! よしよしよしよし！ もっと遊ぼうぜ！ 学級委員長！ 俺を崇める言葉を言え！ 俺を讃える言葉を言え！ 人生に絶望し、打ちひしがれた気持ちを吐け！ 腐ったこの世界を恨む言葉を吐け！ そして……」

黒松が、私の首に手をかけた。

硬くて大きな手が、私の首をするりと撫でる。

「そして最後に、生まれたことを後悔して泣き叫べ。そして、死んだほうがマシだ。殺してくれと俺に懇願してくれェ……」

私がここで運悪く死んだら、私もこの廃校に出る幽霊になれるのだろうか。

幽霊になったら、こんな私でもこいつに一矢報いることができるのだろうか。

死ななきゃ何もできないなんて、虚しいにも程があるけれど……。

だんだん心が擦り切れて、気力が奪われていく。

――やっぱり私、ここで死ぬのかな？

私を殺したら、あなたは警察に逮捕されるでしょう……なんて正論をぶつけたいところだが、この男に言っても何の意味もないだろう。

今が楽しければいいのだ。やりたいことができればいいのだ。

その他のことなんて、こいつは何も考えちゃいない。

――あぁもうこれ以上、何も感じたくないな……。

そう思っていると、視界が少しぼやけて、黒松の声が少し遠くに聞こえた。

だんだん、自分がどこで何をしているのかも分からなくなってきた。

でもそれでいい。このまま何もかも分からなくなるほうが、これから何が起きても楽に違いない。

体より先に、心が死んでいく……。

徐々に機能を停止していく心を感じていると、ふと、脳裏に何かがよぎった。

眠そうな顔をしたクラスメイト。

幾度も自分のピンチを救ってくれた……私の憧れの人……。

最後の最後で、心が、叫ぶ。

――……………………臼井(うすい)くん…………助けて。

――――バンッ。


突然、大きな音がした。

音に驚いて、視界がクリアになる。遠くに感じていた音も、元に戻っている。

私の前にしゃがみこんでいた黒松が、ゆっくりと立ち上がってドアの方を振り返った。

「……やっと、見つけた」

ずっと聞きたかった声がした。

ずっと会いたかった人がいた。

ずっと待っていた。助けてほしいと願っていた。

――現れた臼井くんを見て、私の涙腺が緩む。

怖かった。痛かった。辛かった。苦しかった。

臼井くんにすがりついて泣きたかった。

臼井くんはきっと想いを全部受け止めてくれるから、きっと私の背中を優しく撫でてくれるから。それが分かっているから……そうできない現状がまた苦しくて、辛くて悔しくて仕方なかった。

「……誰だ？　お前は？」

ドアの方を見て、黒松が不思議そうに聞く。

しかし、臼井くんは答えない。

教室に入り、黒松には目もくれずに私のところに来てくれる。そして、倒れている私の体を優しく起こしてくれた。

「遅くなってごめん……」

臼井くんがそう言った。

私は臼井くんを見つめたまま、黙って首を小さく横に振る。

言葉にはならなかったけど、そんなことない、大丈夫って伝えたかった。

——臼井くん、口元に怪我をしている……。

ここまで来るのに、たくさんの穴熊ヤンキーを相手にしてきたのだろう。自分のために危険を冒してくれたんだと思うと、ぎゅっと胸が締め付けられた。

「おい、無視してんじゃねぇよ。お前は誰だって聞いてんだ」

黒松が臼井くんを見下ろす。

無視されたのが許せないのか、眉間に深いシワが寄っていた。

私の体を起こしてくれた臼井くんは、そこでようやく黒松を見た。——一転して、ゾッとするような静かで暗い目をして。

さっき私に向けてくれた優しい雰囲気が消えて、緊張して心臓が痛くなった。

「……おい、こいつは誰か知ってるか？」

黒松が、部下ヤンキーに聞いた。

「こいつ、三バカ野郎共のパシリっすよ！　よく鞄(かばん)持たされてるのを見るっす！」

「あーそうかい！　んで？　ヤンキーにイジメられてる陰キャが何をしに来たんだ？」

「……委員長を返してもらいに来た」

黒松の問いかけに、臼井くんが即答した。他に答えなどない、と言わんばかりだった。

「なんだァ？　お前も学級委員長を助けに来たのか？　そんなヒョロヒョロの陰キャの分際でよォ？　ここまではどうやって来たんだ？　三バカトリオに送ってもらったのか？」

今度の問いかけには、答えない。臼井くんは黙って黒松を見据えている。

「はぁ……そういやコミュ障な陰キャは会話が苦手だったな。お前と楽しい会話をしようっても無駄か……。なぁ、お喋(しゃべ)りな虎石(とらいし)デンはどうした？　一緒に校舎に入ってきたんじゃないのか？」

そうだ。一緒に校舎に入ってきたはずのデンくんの姿がない。

もしかして、不意打ちを狙って隠れているんだろうか……。

考えることは同じなのだろう。部下ヤンキーが、臼井くんの入ってきたのとは逆のドアを開けて、外を確認した。

「……見えないっすね」

「まぁいい！　不意打ちでもなんでもドンと来いだ！　ハンデならいくらでもやるよ！　そうしないと遊びが一瞬で終わっちまうからなァ！　そんで今、学級委員長と遊んでたところなんだがよ、せっかくだしお前も一緒に遊ぶかァ？」

「……いいよ、何をする？」

あの黒松(くろまつ)を前にしても、臼井(うすい)くんは不気味なほど淡々としている。

まるで黒松を恐れる様子がない。

「お？　やる気はあるみたいだな！　いいことだ！　んーそうだなー……陰キャくんと遊ぶんじゃ、ちゃんと方法を考えてあげないとな……。あっさり俺が勝ってもつまんねぇしよォ……」

黒松がわざとらしく、ウンウンと唸(うな)りながら言った。

「虎石(とらいし)デンが来たら、正々堂々殴り合う気だったんだけどなァ……。陰キャくんにそれはキツイだろうし……。さっきは隠れんぼだったから、今度鬼ごっこにするか……？　いや、それも俺がすぐ捕まえちまうか。もっと、どっちが勝つか分からなくてハラハラするやつがいいよなァ！　学級委員長が泣きながら、陰キャくんの勝利を祈れるようなやつがよォ！」

黒松が楽しそうに賛同を求めるが、臼井くんの表情に変化はない。

黙って黒松が一人で盛り上がる様を見ている。

するとまったく表情が変わらない臼井くんを見て、黒松がつまらなそうに舌打ちをした。

「ったく……ちょっとはなんか反応しろよ。何考えてるか分かんねぇ顔しやがって……」

いや違う、と私は思った。

黒松から見れば、臼井くんは『無』表情かもしれない。しかしその『無』は、これから何色にでも染まる真っ白な『無』ではなく、すべてを包み込んで塗りつぶす真っ黒な『無』。

怒っている。

普段の臼井くんを知っている私には、そんな感情が読み取れた。

いつも滅多に感情を見せない臼井くんが、怒りを露わにしている。

でも、黒松はそれに気づかない。呑気に部下のヤンキーに話しかけている。

「おい、なんかいい勝負の方法はないか？　陰キャくんもできるやつだぞ」

「そうっすね……陰キャでもできるってことは、幼稚園児でもできるやつっすよね……」

「そうだよ。なんかねぇかなー。道具も使わずにできる、簡単なやつでよ……」

「じゃあ、ジャンケンはどうっすか？」

「ジャンケン！　おぉ！　いいじゃねぇか！」

黒松が笑う。部下ヤンキーも楽しそうだ。

「いいな！　ジャンケン！　どっちが勝つか分からない運ゲーだ！　これなら陰キャくんにも勝てる可能性がある！　俺と陰キャくんでジャンケン勝負して、陰キャくんが勝ったら学級委員長を返してやるとかどうよ？」

「くくく！　黒松さん、優しいっすね!!」

「あーそうなんだよ。俺って優しいんだよなー。みんなに悪魔じゃないかって疑われるんだけど、実は優しいヤンキーなんだよ。雨に濡れてる子猫とか見ると、家に連れて帰っちゃうみたいなー」

「……じゃあ、早くやろう」

和気あいあいと笑う合う黒松と部下ヤンキーに、臼井くんが冷めた声で言った。

楽しいところを邪魔された黒松は、深い溜め息をつきながら手首を回し始めた。ジャンケン前の準備運動のつもりだろうか。

「あーやだなァ……陰キャは空気が読めねぇからいけねぇよな。いつも一人でいるから、人との関わり合い方ってもんが学べないんだぞ？」

「それで？　いきなりジャンケンポンでいいの？　後から変なルール出すなんてダサい真似しないよな？」

「あーはいはい！　やる気充分なのは分かったよ！　シンプルにジャンケンポンで三勝先取だ。ただし、俺は一回勝つ毎に学級委員長をぶん殴るから、せいぜい頑張れよォ？」

黒松と臼井くんが向かい合う。二人の間の距離は、二メートルほどか。

「準備はいいか？　陰キャくん」

「いいよ」

「じゃあ行くぞ！　ほれ！　ジャンケン――ポン!!」

黒松が出したのはパー。臼井くんが出したのはチョキだった。

「へぇ〜運がいいな！　おら！　次、二回戦行くぞォ？　ジャンケンポン！」

続けて行われた次のジャンケンも、黒松のチョキに対し、臼井くんがグーで勝った。

黒松の面白くなさそうな顔を見て、臼井くんが淡々と言う。

「さぁ三回戦だ。早くやろう。次も俺が勝つ。それで勝負は終わりだ」

「ふん……どうかな？」

黒松と臼井くんのジャンケン勝負を、固唾を呑んで見守る。

ナメられた結果だが、ジャンケン勝負は臼井くんにとってラッキーな展開。臼井くんはジャンケンで負けない。きっと何回やっても黒松に勝てるはず。

しかし相手は黒松だ。

本当にジャンケンに勝ったら、私を釈放してくれるのか。

本当に勝負はジャンケンで終わるのか。

二人はただジャンケンをしているだけのはずなのに、私は得体の知れない恐怖を感じてブルッと震えた。

嫌な予感がする……。

「ほら早くやろう。何しても勝負の結果は変わらないんだから、さっさと終わりにしよう」

臼井くんが黒松を煽るように言った。

「分かった分かった！　お前せっかちなんだな？　だから友達いなくて陰キャになったんだな？　よーく分かったよ！」

黒松が頭をガリガリ掻く。

「じゃあ、ジャンケン行くぞ！　あ、そーれ！　ジャンケン――」

――黒松がスッと右手の拳を引いて構えた。

そして私が「あっ」と思った時には、黒松のグーが臼井くんの顔面に向かっていた。

これはジャンケンのグーじゃない。人を殴る拳だ。そして狙いは臼井くん――！

だが、そのグーは臼井くんに届かない。

パシィッと音がして、黒松のグーが臼井くんの左手のパーによって鮮やかに止められた。

止められたのが信じられないのか、黒松はそのままの体勢で固まっている。

受け止めた黒松のグーを、臼井くんがギリッと握るのが見えた。

「俺はパーだから、俺の勝ちだ……。約束通り、委員長は返してもらうよ」

「ほォ……どうやら学級委員長を助けるためにここまで来ただけのことはあるらしい……。お前……本当は何者だ？」

拳をそのまま臼井くんの掌に押し付ける黒松。

拳を握ったまま、その力に耐える臼井くん。

二人の手の位置は変わらないが、力と力がぶつかり合って、ギリギリと震えていた。

「俺？　さっきあんたらも言ってただろ？　……いつもヤンキーにパシられてる、ただの陰キャだよ」

外で強い風が吹き始め、隙間風が呻き声を上げながら、窓ガラスをガタガタと揺らし始める。

そして——臼井くんと黒松の殴り合いは、何の合図も無しに始まった。

黒松はボクシングでも習っているのか、ボクサーのような動きで臼井くんに殴りかかる。

素早く前方から打ってくる拳を、臼井くんは腕でガードしながら避けていた。

「おいおいおいおい！　ガードだけじゃ面白くないだろ！」

「だったらさっさとガード抜きなよ。まさかそれがあんたの全力？」

「バカにすんじゃねェ！　俺が陰キャごときに本気出すはずがねぇだろうが！」

「へぇ？　本気出さないで死ぬタイプの雑魚ボスなんだ？」

「んだとゴルァ!!」

逆上した黒松。

力んだのか大振りになったパンチを臼井くんが受け止め、殴りかかった黒松の勢いを利用したまま背負って投げた。自分の殴る力で投げられてしまった黒松は、背中から床に落ちて呻く。しかし、その体勢から背中を反らせて弓のようにしなって跳び起き、着地するとすぐに臼井くんを睨みつけた。

「おやおや……陰キャにしてはよくやるじゃねぇか……。どこでどうやって鍛えたんだ？」

連続でパンチを繰り出したことで、黒松の息は僅かに上がっていた。短く荒い呼吸をしている。

対して臼井くんの呼吸はまったく乱れていない。

「不測の事態に備えるのが趣味なんだ。一人でヤンキー集団に立ち向かうシミュレーションだって、何度もしてきたからね」

「……中二病お得意の妄想か？　それともゲームのやり過ぎか？　どちらにせよ、現実は想像の世界より甘くねぇぞォ……！」

黒松が急に走り、教室の端に転がっていた金属バットを取った。そして振り向きざまにバットを振るう。

黒松に接近しようとしていた臼井くんが、パッと屈んで攻撃を躱した。

ブォンと空気を切り裂く音が鳴る。この勢い、当たったらきっと、ただじゃ済まない。

バットを躱した臼井くんは、すぐさま下から黒松の顎を蹴り上げた。

ゴスッという鈍い音がしたにもかかわらず、黒松は倒れない。ニヤッと笑って下にいる臼井くんにバットを叩きつけようとし、臼井くんは転がってそれを避けた。

息つく間もない攻防。見ているだけで、息をするのも忘れそうになる。

黒松は明らかに殺意を持っている。

臼井くんはどういう気持ちなのか分からないけれど、殺気に似た気迫を感じる。

命を取るつもりがなくても、命を取られる危険がある。殺るつもりじゃなきゃ殺られる
……って、昔何かで聞いたような気がした。

――臼井くんが命を懸けて戦ってくれているのに、どうして私はここで震えながら見ていることしかできないんだろうか……。

見守ることしかできない自分がもどかしい。

でも、じっと動かずに耐えた。だって、動かないのが正解なんだ。

私が動いたら邪魔になるってことくらい分かる。

臼井くんの注意を一瞬でも乱せば、やられるのは臼井くん。

臼井くんが勝つことを、静かに祈るしかない……。

「ちょこまかと動くなァ！　こんなに活きのいい陰キャは初めてだぞ！」

「そりゃどうも」

「認めてやる！　お前は良質な遊び相手だ！　さぁさぁどんどん遊ぼうぜ！　一瞬でも気を抜くなよ!?　神経を研ぎ澄ませ！　俺のことを殺す気でかかってこい！　大丈夫だ！　俺は簡単に死にはしない！　お前が俺をどんなにぐちゃぐちゃのめちゃめちゃに叩き潰し

たいと思っても、俺はそうならないだろう！　つまらないか？　そうだよな！　そんなのつまらないよなァ!?　血まみれでドロドロになれない喧嘩なんてつまんねぇよなァ！　でも安心しろ！　俺がお前を血まみれでぐちゃぐちゃのめちゃめちゃになるまで叩いて、捻って、砕いて、潰してやるからよォ!!」

黒松がそう言いながら、バットを振り回している。

度々臼井くんから拳や蹴りを受けているが、黒松はよろけるだけで倒れない。そして、臼井くんからダメージを受ける度に楽しそうに笑っている。

黒松の笑みは壊れていた。

何が彼をそこまでさせるのだろうか……きっと誰にも分からない。

同じ教室にいる部下のヤンキーは、隅のほうでじっとしている。その顔は私と同じように怯えていて、常軌を逸した黒松の暴挙に恐怖を感じているように見えた。

もし臼井くんが倒れたら、この状態の黒松が私や部下のヤンキーにも襲いかかるんじゃないか。そう考えると、部下のヤンキーが震えている理由が理解できる。

黒松はその圧倒的な暴力で部下を統率してきたに違いない。だとしたら、他のヤンキーたちが黒松に従う理由はただ一つ。逆らったら殺されるから。

黒松は部下にも容赦しない。仲間意識とか、絆とか、義理とか、そういうのを感じる心が一切ないのだ。それは、部下になったヤンキーたちが一番よく知っているだろう。

――臼井くん……負けないで！
臼井くんを見守っていると、視界に入った黒松がこちらをギョロッとした目で見た。
ゾクッと背筋が凍り、息が詰まった。
体が傾いた。
一睨みで体の自由が奪われる。座っている状態も保てなくて、倒れそうになる。
……そんな私に向かって、黒松がバットを投げつけた。
倒れかけた私は避けられない。
バットが私を突き刺さんばかりの勢いで飛んでくる――。
――ガキィッ。
飛んできたバットが、空中で蹴り上げられた。
蹴ったのは――臼井くんだ。
軌道を変えられたバットが、窓ガラスを破るガシャンという音。
倒れかけた私の体を支えた臼井くんの手。
臼井くんの背後で、嬉々とした表情を浮かべる黒松。
一気に情報が押し寄せてきて、何が起きているか分からない。
でも、黒松の手でバチッと何かが光ったのを見て、堪らず叫ぶ。
「――臼井くん!!」

臼井くんが反射的に体を捩り、黒松のスタンガンを躱す。そして瞬時に黒松の腕を掴み上げ、顎に拳を打ち込む。さらに揺らいだ黒松の腹部に蹴りを入れた。

足がもつれて後ろに倒れそうになった黒松の手から、スタンガンが落ちる。

だがまだ黒松は倒れない。踏みとどまった黒松は、ポケットから短い棒を取り出した。

カチッと音がして棒が伸び、それを構えて再び臼井くんに立ち向かおうとする――。

……が、黒松はビクッとして動きを止めた。

黒松の喉元から数センチのところで、臼井くんが構えたスタンガンがバチッと光る。

「これがお前の本気か?」

臼井くんが低い声で言った。

黒松の額から汗が流れる。

棒を振り上げたまま、黒松は身動きが取れなくなっていた。

◆

「これがお前の本気か?」

スタンガンを喉元に突き付けたまま言うと、棒を振り上げたまま固まった黒松の喉仏がピクリと動いた。

「……こりゃあ参った。ただの陰キャだと思って侮って悪かった……。負けだ」

黒松が両手を挙げる。持っていた棒が床に落下し、ガランガランと大きな音を立てた。

「俺の負けだ……あとは煮るなり焼くなり好きにしてくれ……」

黒松は手を挙げたままガックリと項垂(うなだ)れた。

降参のポーズ。

しかし黒松の今後の動きが読めなくて、俺はスタンガンを構えたまま思案する。

——これで終わった……のか？

近くに座り込んでいる委員長が、ハァと大きく息を吐き出すのが聞こえた。緊張の糸が切れたのだろう。大きく呼吸を繰り返すのが聞こえる。

きっと俺と黒松の戦いを見ていただけで、委員長だって、とてつもないエネルギーを消耗していたはずだ。

「ほら、早く学級委員長をここから連れ出してあげたほうがいいんじゃないか？　ずっとここにいたから、随分疲れた顔をしてんぞ」

黒松の言葉を受けて、ふと俺は委員長のほうに視線をずらし……。

——その瞬間、黒松が動いた。

黒松は身を屈(かが)めた低い姿勢で、委員長に向かって突進した。

しまった、と思った時にはもう遅い。

委員長は黒松に後ろから抱え込まれていた。

左手で口を塞がれ、黒松の体に押さえつけられた委員長が、抗議の呻きを上げながら黒松の手から逃れようと奮闘する。

俺もすぐさま委員長を助けに動こうとしたが、黒松の手にナイフが握られているのを見てハッとし、足を止めた。

「動くな……大事な学級委員長がどうなってもいいのか？」

頬にナイフを当てられ、委員長も抵抗をやめた。

委員長はナイフを見て怯えた目をし、おずおずと俺のほうを見た。

言われなくても、助けてと言われているのが分かる。

「あぁぁぁキッツイなァ！　もう見てくれよ！　この全身に浮かび上がる鳥肌！　お前らの油断した顔見たさに、演技で『負けだ』と言っただけでこれだァ！　吐いちまうよ！　そんな馬鹿げたセリフを口にしただけで、自分で自分が許せなくて、こいつを切り刻みたくなっちまうよォ!!」

最初から、俺が委員長に意識を向ける一瞬の隙を狙っていたのか。

握った拳が震える。

「おや？　本当に勝ったと思って油断しちまったのか？　陰キャくん……なかなかいい顔してるぜェ？　そうだよそれそれ。俺の遊び相手ならそういう顔をしてくれなきゃなァ。

最初ここに来た時には、何考えてるか分からねぇ顔してたから、ロボットかサイボーグなんじゃないかって心配しちまったぞ……。──だが安心した、お前は今、すっげぇ人間らしい表情をしているよ……」

俺の前で委員長にナイフを突きつけたまま、黒松が笑っている。

腹の底から沸々と湧き上がる感情。

己の身すら焼き焦がすような激しい怒りが高ぶる。血が沸騰しそうだ。

「……そんなに学級委員長が大事なのか？　お前のそんな顔見てたら、もっと面白いこと思いついちまったぞ。なぁ、今から俺が委員長を切り刻むから、お前はそこで見ててくれよ！　怒りで頭をおかしくして、自分が何者なのかも分からなくなって、本能のままに、衝動に突き動かされるままに俺を殴りに来てくれ！　運命を呪い、俺を恨み、俺を野放しにしていた社会も世界も何もかも怨(うら)んで、壊れてくれよ！　俺を殺すんだ！　法も秩序も関係ない！　全部捨てて俺と同レベルになって、俺と同じ化け物になって、俺の友として……俺に殺されてくれェ!!」

廃校舎に響く黒松の禍々(まがまが)しい叫び。

だが俺の耳は、黒松が何を言っているのか聞いていなかった。俺の目は、黒松に捕らえられた委員長しか見ていなかった。

轟々(ごうごう)と唸(うな)りを上げて怒気が全身に回った瞬間、俺の中で何かがブツリと切れた。

「――――汚い手で、委員長に触るな」

「それがどう――」

黒松(くろまつ)が何かを言うより先に、距離を詰める。左手で黒松のナイフの刃を握って根元からへし折り――右手で黒松の顔を殴りつけた。

憤怒の力のこもった拳(こぶし)が黒松の顔面にめり込み、鈍い音を立てる。さっきまでとは比にもならない衝撃を受けた黒松が、殴られた勢いで委員長を放して後方に吹き飛び、壁にぶつかる。そして壁にぶつかった反動で前のめりに倒れた。

衝撃に巻き込まれた委員長がよろめくのを見て、咄嗟(とっさ)に腕を掴(つか)んでグイッと引き寄せると、勢いあまって委員長がぽふっと俺の胸元にぶつかった。

「委員長、大丈夫!?」

委員長がハッと顔を上げて、俺を見た。

「あ、うん……」

何が起きたか分からないという、戸惑った顔をしている。

でも大丈夫だ。怪我(けが)をしている様子はない。

「良かった……」

そう言って、気づいた時にはもう、俺は委員長を抱きしめていた。

この優しい人が傷つけられたらと思うと、気が気じゃなかった。

委員長が攫われたと聞いた時から今この瞬間までずっと思い知らされてきた。

彼女が自分にとって、どれほどまでに大事な存在なのか。

失いたくない。傷つけたくない。

守りたい。ただそばにいて、笑っていてほしい……。

俺はもう、この想いが意味する感情を理解していた。

俺は、委員長が——大槻シズカさんが好きなのだ。

人に関心を持てず、人に避けられていても構わないと思っていた俺の感情を、委員長は突き動かす。委員長を助けるためだったら、俺は鬼にだって悪魔にだってなってやる。そう、思うくらいに。

「あともう少し、ここで待ってて」

俺が委員長を離すと、委員長は俺を不安げに見上げた。

安心させようと一つ頷いて見せてから、黒松に歩み寄る。

黒松は脳震盪を起こしたのか、うつ伏せに倒れたまま声を出さずに喘いでいる。体が思うように動かせないようで、指先だけが震えていた。

「お前の負けだ、黒松……」

負けという言葉に反応して、黒松がガバッと顔を上げた。目が血走っていて、赤い。

この期に及んで、まだ黒松から闘志が消えない。

「っざけんな……俺は負けねェ……負けることはねェ……俺が、誰かに負けるなんて……よりによって寄鳥（よりどり）の人間に負けるなんてありえねぇんだよォ!!」

黒松はまだ立ち上がって殴ろうとしてくる。

俺は黒松が立ち上がる前にその拳（こぶし）をあっさり握って、床に叩（たた）きつけた。

「負けだ。負けたんだよ、お前は」

「負けてねェ!!　俺は生きてる!!　生きてるってことは負けてねェ!!　俺を殺してみろ!!　そうすれば俺は、お前の地獄で生き続ける!!　一生、生き続ける!!　つまり俺は、永遠に負けねェ!!」

黒松が、近くに落ちているコンクリート片やら石やらを俺に向かって投げる。

俺は投げつけられたコンクリート片を避（よ）け、拳大の石をキャッチし、黒松の顔の横の壁を石で殴った。

ゴッという音がして壁が凹（へこ）み、そこを中心に幾筋かのヒビが入った。

黒松は動かない。何の感情も読み取れない空虚な表情で、俺を見ていた。

「なんで殴らない？」

黒松が問う。

「なんで俺を殺さない？　憎いだろう？　俺の顔面の原形がなくなるぐらい殴りたいって思うはずだ。違うのか？　お前が学級委員長を思う気持ちはその程度だったのかァ!?」

メキィッ――。

俺の手の中で握っていた石が割れた。

「その程度？　――馬鹿にするな。誰より大事で、誰より大切にしたい人なんだよ。お前には地獄以上の苦しみを味わわせてやりたいと思う」

「ならお前は俺を殺すべきだ！」

「だから俺はお前を殺さないんだ。最後の最後で自分の望みを叶えて勝った気になりたかったんだろうが、無駄だ。俺はお前の思う通りにはならない。お前は死なない。俺に負けた事実を一生背負っていろ」

「負けてねェ……」

「お前は負けたんだ」

「俺がお前なんかに負けるわけねェ！」

「お前は、俺より弱かったんだよ」

「うるせエェェェェエェェェェェェェェエエエエエエエエエエエエエエエエ!!」

黒松の絶叫。

なりふり構わない様子で、黒松が掴みかかってくる。

俺は黒松に掴まれるより早く、黒松の顔面を掴む。

そして――黒松の背後の壁に打ちつけた。

「ガハァッ――――」

ズルズルと床に座り込む黒松。もう目の焦点は合わず、虚ろな表情だ。

そんな状態になっても黒松は、俺を掴もうと震える手を伸ばしていた。

「お……れ、は………ま、け……て」

掠れた声で、まだ言うか。

俺は黒松の前に立って、言い放つ。

「見下げ果てた奴だな。もうお前が負けを認めなくても、お前が負けた事実はすぐに穴熊の連中に広まり、ここら一帯のヤンキーたちの知るところとなるだろう。――黒松ゲンジは、寄鳥のヤンキーにパシられている陰キャに負けたってな」

黒松の目が不可解な動きをし、やがて白目をむいた。

瞬きもせず、ようやく……動かなくなった。

黒松が気絶しているのを確認して、教室の隅にいるもう一人の穴熊ヤンキーを向く。

そして、青い顔で黙って立っている穴熊ヤンキーに聞いた。

「あんたは、どうする?」

穴熊ヤンキーは、ぶるぶると顔を横に振った。

戦意はない。黒松が倒れた以上、こいつに戦う理由はないか。

目を閉じて、ふぅと息をつく。少し気を静めてから、俺は委員長に歩み寄った。

「今、縄を切るね」

「あ、ありがとう……」

俺は委員長の後ろに回って、折れたナイフの刃を縄に押し当てる。

委員長の手を切らないように慎重に縄を切ると、切れた縄がハラリと床に落ちた。

ようやく手が自由になった委員長は、ぎこちなく腕を動かす。そして自分の胸の前で手首を見た。

赤く擦れた縄の痕。

「ごめん……」

痛そうな傷を見て、思わず謝りたくなった。

委員長は自分で傷を優しくさすると、小さく笑った。

「大丈夫だよ、臼井くん。全然平気。このくらいすぐに治るよ」

委員長に優しく言われて、自分がすごく心配そうな顔をしていたことに気づいた。

「それより、臼井くんの手！」

「え?」

委員長がポケットからハンカチを出して、俺の左手に巻いてくれた。巻いたハンカチに、すぐに赤い染みが広がる。

無我夢中で、ナイフを握ってへし折ったことなど忘れていた。

「私のために、ごめんね……ありがとう……」

ハンカチの巻かれた俺の左手を、委員長が大事そうに両手で包んで言った。

その表情に、胸が切なくなる。

黒松を倒すために腹の中で暴れまわっていた感情が消えて、頭も心も鎮まっていく。

「大丈夫。心配しないで。……じゃあ、行こうか……」

ハンカチを巻いていない右手で、委員長の手をそっと取る。

「うん……」

委員長が、俺の手を握り返した。

――まだ、終わりじゃない……。

黒松を倒して、委員長を助ければ終わる問題じゃない。これから黒松たちの処分を大人たちに託す大仕事が待っている。

委員長もそれが分かっているのか、表情は晴れない。

俺は委員長を安心させたくて、委員長の手を握る手に少しだけ力を込めた。

肌寒さの増す夕暮れに、二人の手が触れ合うところだけがじんわりと温かかった。

日没時刻を迎え、普段使われることのない校舎内は一層暗くなる。道路際の街灯が煌々と光る他には、廃校を照らすものはなかった。

委員長と一緒に廊下に出ると、俺は真っ先に校庭を見た。

「雨だ……」

窓の外を見て、委員長が呟く。

いつの間にか、しとしとと雨が降り出していた。

校庭にはまだ数人の穴熊ヤンキーたちが転がっていて、雨に濡れているのが見えた。最初にいた数より少ないのは、黒松の敗北の気配を察知した者から逃げ出したからか。

キュウくんとノンくんの姿が見えなくて、校庭のあちこちを見回す。

二人が穴熊ヤンキーたちにやられたとは思えない。校舎に入ったのだろうか。

「そう言えば、三バカトリオは？」

委員長が俺に聞いた。

「一緒に来たよ。委員長を助けるために頑張ってた」

「そっか……じゃあ、あとで三バカトリオにもお礼を言わなきゃなぁ……」

「でも元はと言えば、三バカトリオが穴熊ヤンキーと喧嘩してたせいで委員長が巻き込まれたんだよね。ついでに怒ったほうがいいと思う」

「ふふ……でも、三バカトリオが穴熊高校のヤンキーと喧嘩になった理由って、三バカトリオが穴熊高校のヤンキーのカツアゲを止めたからみたいなんだよね……。なんか、怒るに怒れないかな……」

　委員長が困ったように笑う。

　確かに。そんな理由があるなら怒りにくい……。

「警察とかに連絡は、まだしてないの？」

「うん。黒松が何するか分からないから、連絡をしないで来た。……荒木さんも委員長を心配してたよ」

「ヒロミが？」

「うん、一緒に来たいって言われたんだけど、手の怪我もあるから、待っててほしいってお願いしたんだ……」

「……そっか、ヒロミを止めてくれてありがとう。ヒロミがあんな奴らと喧嘩するなんて、考えただけで生きた心地がしないよ。……あとでヒロミに連絡しないと……」

　そう言っている途中、委員長がよろけてヘナヘナと座りこんだ。

「大丈夫⁉」

「あ！　全然！　ただ、ちょっとまだ震えてて、うまく脚に力が入らないだけ。すぐ良くなるからちょっと待っててくれる？」

そう言って笑うのが強がりだと気づいて、俺はすぐに委員長のそばにしゃがみ込んだ。

そして、委員長の膝下に右手を入れてヒョイと抱え上げる。

「え……!?　う、臼井くん!?」

いきなり体が宙に浮いたからだろう、委員長が慌てて俺の首にしがみついた。

「そのまま掴まってて……………帰ろう」

「………うん」

委員長が俺の首元に顔をうずめた。

「ありがとう……臼井くん……助けに来てくれて……ありがとう……」

委員長の息が俺の首筋をくすぐる。

落ちてきた熱いものは、委員長の涙だろうか……。

俺は自分の腕の中にいる人がたまらなく愛おしく思えて、ぎゅっと抱きしめた。

「臼井くん……?」

「……委員長が無事で良かった……」

「うん……ありがとう……臼井くん」

委員長の手は冷たいけれど、体はほのかに温かくて、鼓動を感じた。

トクトクと響いてくる振動が心地よい。……ずっとこうしていたいと思うくらいに。

委員長を腕に抱えたまま階段に行くと、階段下にデンくんを救出中のキュウくんとノンくんがいた。ワックスで階段に貼り付きそうになっているデンくんを、慎重に階段から引き剥がしている。

「あ！　アキラ！　委員長！」

階段上に現れた俺たちに気づいて、キュウくんが叫んだ。

「あ、アキラだとぉ！」

ベタァッとワックスの糸を引かせながら、デンくんが顔を上げた。マスクを顔から外そうとしたが、ワックスがついていて苦戦している。

「オメーは遠慮って言葉を知らねーのか⁉　マスクしてなかったら、俺の唇が階段と一体化するとこだったぞ⁉　あーもう髪に付いたのは切らなきゃ駄目かぁ⁉」

無理矢理マスクを取ると皮膚が一緒に引っ張られたのか、デンくんが顔をしかめた。

「幸いそんなに付いてないんだな。毛先を切るくらいなんだな。顔や手に付いたのは、お湯でふやかして取るんだな」

デンくんをフォローするようにノンくんが言う。

「面倒くせー……」

ボヤきながら、デンくんが俺を見上げる。

「……で、終わったんだな？」

「うん……」

俺が答えると、三バカトリオの顔にもホッと安堵の表情が浮かぶ。

「委員長は大丈夫なんだな……？」

ノンくんが心配そうに聞いてきた。

俺はチラッと委員長の顔を確認する。

委員長はやや恥ずかしそうに、三バカトリオに向かって答えた。

「大丈夫……。ありがとう、みんなも」

感謝の気持ちを伝えられて、三バカトリオはそれぞれ照れたような動作をした。

「まぁ……委員長には悪かったな。無関係なのに巻き込んじまったし、怖ぇ思いさせちまったし……」

デンくんがそう言いながら、耳の後ろをガリガリ掻く。

「そうだよなー まさか、委員長がデンの彼女だと思われてるとは思わなかったよなー」

キュウくんがデンくんを小突きながら笑う。

デンくんは嫌そうな顔をして「もう止めてくれ」と言った。

「普段、委員長や荒木ヒロミとしか接点がないからいけないいんだな」

とノンくんが言い、

「それはオメーらも同じだろうが!!」

とデンくんが叫んだ。

いつもと変わらない三人のやり取りを見ていたら、委員長がクスクスと笑い出す。思わず俺の頬も緩んだ。

「それよりアキラー。校内の階段はどこもワックスまみれなんだー。だから、二階から外に出る非常階段を使うと良いんだなー」

キュウくんが、二階の廊下の先を指差しながら言った。

「分かった。行ってみる」

「俺たちは先に外に行って、警察に連絡するからなー」

「うん。ありがとう」

俺は委員長を軽く抱え直し、さらに二階の廊下を進むことにした。


委員長と一緒に、暗くて埃っぽい廊下を進む。

もう穴熊ヤンキーが出てくる気配はない。ここにはもう、俺と委員長しかいないようだ。

「……重くない？」

と、委員長が聞いた。

「大丈夫」

た。


「……怪我……大丈夫？」

「うん……委員長は、大丈夫？」

「うん……臼井くんに比べたら、何でもないよ……」

ポツリポツリと会話を交わしながら、俺はゆっくり歩いた。

どうせ警察が来たら慌ただしくなる。だから、今は少しでもゆっくりさせてあげたかった。

今すぐ全部忘れたいと思っても、すべての出来事を思い出しながら、大人に説明しなきゃいけない。委員長は特に、だ。

俺と三バカトリオがやったことだって、大人から見れば問題になるかもしれない。すべてが終わったように見えて、本当に大変なのはこれからのように思えた。

——このまま、面倒なこと全部から逃げてしまえればいいのに。

委員長を連れてどこか別な世界に逃げ出すのを想像したところで、委員長が口を開いた。

「本当に私……臼井くんに助けられてばっかりだね……臼井くんがいなかったら、私、どうなってたかな……あ、もう路地裏で変な男に絡まれた時点で、私の人生終了してたか」

冗談っぽくそう言って、小さく笑う委員長。

それが冗談でも嫌で、委員長を抱く手に力がこもる。

「俺がいるから、絶対にそんなことにはならない。委員長に何かあったら、俺が何度だって委員長を助けるから。俺が、委員長を守るから……」

「え……？」

委員長が目を丸くした。

俺を見て固まっている委員長。

そんな委員長を見て固まる俺。

俺の足も止まり、二人で見つめ合う奇妙な時間が生まれてしまった。

「あ……早く外に行かないと、そろそろ三バカトリオが警察に通報してるはずだよね……」

先に目を逸らしたのは俺のほうだった。

足先から耳まで熱い。なんでいきなり告白みたいな台詞を口走ってしまったのか。

気まずくなって、俺はすぐに歩き出す。

「……警察が来たら……ちゃんと説明しなくちゃね……」

俺が再び歩き出してから、委員長がそう言った。

「……大丈夫？」

「正直……もう家に帰って早く寝たいなぁ……。でも、ちゃんと説明しないと、臼井くんたちが怒られちゃうもんね……。臼井くんも三バカトリオも、私を助けるために頑張ってくれたんだもん……最後に、私がしっかりしなきゃ……」

「……無理しなくていいよ。怒られる覚悟はしてる」

三バカトリオよりも、俺のほうが問題になりそうだった。

倒した穴熊ヤンキーの人数は断然多いし、これでも手加減したが、怪我をさせた自覚はある。一番怪我が重そうなのは黒松か。あいつは少年院送りになる前に、しばらく病院で治療を受ける必要があるだろう。

「臼井くんたちが怒られるなんて、おかしいよ……臼井くんたちは、そうするしかなかっただけだもん……悪いことはしてないじゃない……」

俺の首に回された委員長の腕に力がこもる。

その動作がいじらしくて、可愛いと思った。

やがて……非常階段の扉が見えてくる。

少し錆びついて重いドアを開ける。と、湿った冷たい風が吹き付けてきた。ところどころひび割れたコンクリート作りの階段は、校舎の中より冷たい空気に満たされている。

熱くなっていた体にヒヤリとした空気が心地よい。

しかし委員長には少し寒かったようで、風に撫ぜられきゅっと身を縮めた。

「寒い？」

聞くと、委員長はふるふると首を横に振った。

「平気。臼井くんが温かいから」

――不意に、好きと伝えたくなった。

さっきから喉元までこみ上げてきている言葉。

「──委員長。あの……」

「ん？」

俺は委員長が好きだよ。

そう言いたい。

言って、委員長がどんな反応をするのかが知りたい。

胸の奥がじりじりしてきて、俺は眉根を寄せた。

「臼井くん、大丈夫……？」

苦しそうに見えたのだろうか。委員長が俺の心配をしてくれる。

──委員長に優しくされると、委員長も俺のことが好きなんじゃないかって思ってしまう。俺が委員長を好きだと伝えた時、委員長も俺が好きだと言ってくれるのを期待してしまう。

デンくんが言っていた委員長の好きな人が、俺なんじゃないかって……そう思ってしまうのは間違っているのだろうか。

その時。

遠くの方で、パトカーと救急車のサイレンが鳴り始めた。

無機質な音が、俺の頭を冷やす。この静かな時間も、もうすぐ終わりだ。

「臼井くん……？」

「大丈夫……そろそろ行こうか」

「うん……」

きっとまだ、気持ちを伝える時じゃない。

俺たちにはまだ、他にやるべきことがあるんだから。

そう自分に言い聞かせながら階段を下る。

込み上げてきていた気持ちが、階段を一歩下るごとに心の奥底へと下がっていく気がした。

校庭に近づくにつれて、サイレンの音が大きくなる。

さっきまでとは違う緊張感が、雨の廃校に漂い始めていた。

そのまま掴まってて…帰ろう
…うん
う…臼井くんにお姫様抱っこされてるううう…!!
バックン
バックン
どうしよう…委員長の脚に触ってしまっている…
いいのか…?
これはいいのか…?
……可愛い…
ぎゅっ…
好きって…言いたい
言いたいな

第六章　パシられ陰キャが、もう好きだった件

◇

事件の翌日、私は自分の部屋にいた。

時刻は午前九時。普通なら学校で授業を受けている時間だ。

でも、昨日の事件で疲れ果てた私は、学校を休んで家にいた。

昨日は本当に疲れた……。

通報を受けてやってきた警察、警察から連絡を受けて到着した学校の先生に事情を説明。

日頃の行いがいいおかげで、学校の先生たちは私の言う事件のあらましを信じ、警察の人もすぐに納得してくれたのは良かった。けれども、「何故すぐに大人に連絡しなかったのか」という問いに対し、「呼んだら委員長が危ないと思った」という臼井くんたちの言い訳はなかなか聞き入れられなかった。……この話がいつまで経っても平行線で、私はブチギレそうな三バカトリオを見てハラハラしたものだ。

もちろん私も質問攻めにされた。聞かれたくないことも根掘り葉掘りと。

私が落ち着いて受け答えできたのは、事情聴取の間、片時も離れず一緒にいてくれた臼井くんのおかげである。

そんなこんなで、お父さんとお母さんに連れられて私が帰宅したのが、午後十時くらい。

……これで翌日に普段どおり学校に行けるはずがない。

疲れ果てた私は、朝までぐっすり眠った。あんまりよく眠れたものだから、昨日あったこと全部夢だったんじゃないかと思ったくらいだ。

――まぁ、夢じゃないって分かっているけど。

私はふと手首の縄の痕を見た。

臼井（うすい）くんは、どうしているだろうか。

私よりも臼井くんのほうが、たくさん怪我（けが）をしていた。左手の傷はきっと深い。

連絡してみようかと思って勉強机の上にあるスマホを手に取るが、電源が入らなかった。充電が切れている。

「……喉渇いたな」

充電するのを面倒臭く感じて、そのままスマホを放置して部屋を出る。

水を取りに行くために二階から一階へ階段を下りていくと、誰かの声が聞こえた。

「あの……あたし、シズカの友達で、荒木（あらき）ヒロミって言います！　あの、シズカにちょっとでも会いたくて……」

「わざわざ来てくれてありがとう……でも、昨日のこともあるから、今日はちょっとゆっくりさせてあげたいの……」

「そうですか……そうですよね……」

お母さんと玄関で会話するヒロミの声。

それを聞いて、私は慌てて玄関に向かった。

「ヒロミ!!」

「あ……シズカ！」

私を見た瞬間、ヒロミの目からボロボロと涙が溢れた。

嗚咽を漏らしながら、ヒロミが玄関にしゃがみ込む。

「良かったぁ……シズカぁ……」

涙でぐちゃぐちゃな顔を手でこすりながら、ヒロミが何度も「良かった」と言った。

その姿を見ていたら、私も胸の奥から熱いものがこみ上げてきて、裸足のまま玄関に降りてヒロミを抱きしめた。

「ヒロミぃ……」

「シズカぁ……」

しばらく私たちは玄関で抱き合って泣いた。

お母さんが持ってきてくれたフェイスタオルが、涙と鼻水でぐっしょり濡れた頃、私たちはようやく場所を変える気になって移動した。

　私の部屋に着くと、ヒロミはすぐに私のスマホを見つけた。そして、そっと手に持つ。

「何だよ……もしかしてずっと電源切れてた？」

「ごめん……気づいたら切れてて……。いや、その前に、昨日の時点で連絡しなくてごめん……。昨日帰ったら十時過ぎてて、もう疲れて眠くて……」

「まぁ……いいよ。大変だったのは分かるし。一応、デンから連絡もらって、シズカがちゃんと親御さんと一緒に家に帰ったっていうのは聞いてたし」

「あぁ……デンくん、偉い……」

　やはりデンくんって、意外としっかりしているなって思う。

「今朝、学校でシズカのこと待ってみたんだけど、休みだって先公に聞いたから、家まで来たんだ。……いきなり来てごめんな」

「ううん、大丈夫だよ。ヒロミの顔が見られて……嬉しかった」

　私もヒロミも、目と鼻が赤くなっていた。

　私は部屋のタンスから新しいフェイスタオルを二枚取り、一つは自分で抱えて、もう一つをヒロミに渡しながら聞いた。

「学校に……臼井くん、来てた？」

「来てたよ」

「え⁉　嘘⁉」

「まぁあたしもビックリしたよ。口元にガーゼ貼って、手に包帯巻いて、腕のあちこちに湿布貼ってるしさ。でも、いつも通りの澄ました顔で学校に来てたわ」

「大きな怪我、してなかったのかな……？　臼井くん、昨日最後まで私と一緒に事情説明してくれて、病院に行ったのは私が家に帰ってからだと思うんだよね……」

「平気そうだったけど？　あたしがよく学校来れたなって言ったら、委員長はきっと休むだろうから、ちゃんとノート取っておいてあげたくて……って言ってた」

途中、臼井くんの声真似を混じえてヒロミが言った。

リアルに臼井くんがそう言っている姿を想像できて、胸が切なくなった。

——臼井くん……優しい……。

「そういえば、臼井たちも随分派手に暴れまわったらしいけど、臼井たちにお咎めなかったのか？」

「うん……なんとか、ね」

私は昨日のことを思い出して、うつむく。

「要は、正当防衛なのか……みたいな話だったんだよね。穴熊高校のヤンキーたちの怪我のほうが大きいから、そこまでする必要はあったのかって聞かれたよ」

特に黒松は、臼井くんを殺すことさえ厭わない感じだった。

あんな奴を相手にして、怪我を負わせることなく止める方法があるなら教えてほしいくらいだ。

臼井くんがやらなければ、戦いは終わらず、倒れていたのは臼井くんと私だったかもしれない。しかも、生死は不明で。

でも、それを説明するのは難しかった。

大人たちは黒松の凶悪さを、噂でしか知らない。ただのヤンキー同士の喧嘩だと思って駆けつけているから、臼井くんと黒松の戦いがどれほど常人離れした死闘だったのか想像できない。臼井くんに目立った外傷が少ないのもあり、臼井くんが一方的に黒松を殴ったようにも見えなくはなかった。

「校庭や校舎にいた穴熊高校のヤンキーは警察に補導されて、土竜高校から逃げた人も見つけ次第補導されて、その数がどんどん膨れ上がってね。……最終的に警察の人は、こっちが三バカトリオと臼井くんの四人だけだったってことに驚いてた。結局それで、臼井くんたちは正当防衛だったたって納得してくれたんだけど、なんで先に大人を呼ばないのかって、臼井くんたちは何度も怒られていたよ」

「そんなの、大人なんて呼んだら余計に面倒くせーことになるに決まってるからだよなあ……」

ヒロミが溜め息をついた。

「そう言えば、ヒロミも私を助けに来ようとしてたって、臼井くんに聞いたよ」

私がそう言うと、ヒロミは気まずそうに下を向いた。

「ごめん……助けに行けなくて」

「いやいや！　いいんだよ！　ヒロミはまだ怪我が治ってないし、私はヒロミが待っててくれてるって聞いてむしろ安心したから！」

「でもあたし、シズカのピンチに全然役に立たなかった……」

「そんなことない！　私はヒロミにも感謝してる！　待っててくれてありがとう……臼井くんたちを信じてくれて、ありがとう！」

「うん……」

ヒロミがはなをすすった。

私は思わずヒロミを抱きしめる。

「今日だって、私を心配して家まで来てくれた……役に立たないなんて思わないでよ……」

「うん……うん……！」

私の腕の中で、ヒロミが何度も頷いた。

そのままヒロミを抱きしめて泣き止むのを待つ。するとややあってから、ヒロミが急に笑い出した。

「まったく……あたしのほうが泣いてて、意味分かんねーよな！　危ない目に遭ったのはシズカなのに」

「意味分かんなくなんてないよ。ヒロミが私のことどれだけ大切に想ってくれてるか、私は知ってるから」

そう言って微笑むと、ヒロミの顔が赤くなった。

「あ、ありがと……」

恥ずかしそうなヒロミが可愛い。

この金髪の女の子が親友で良かったって、出会ってから今まで何度も思っている。

「ところで今日、三バカトリオにも会った？」

「あー……あいつらも普通に学校に来てたよ……。何があったか知らないけど、デンの髪がちょっと短くなっててウケた！」

「……そっか。みんな、ちゃんと休まないで学校に行ったんだなぁ……偉いなぁ……」

三バカトリオも臼井くんも、学校に行けるくらい元気そうで嬉しかった。

でも、怪我なんてほとんどしてないくせに学校を休んだ自分が、ちょっと情けなく思えた。

するとヒロミが急に、私の頭をガシガシと撫でた。その勢いで、頭がグラグラと揺れる。

「おいおいまさか、脳味噌まで筋肉な三バカトリオや不死身の臼井と、自分を比べて落ち込んでんじゃないだろうな？　同列にすんじゃねぇよ。三バカトリオはシズカみたいに繊細じゃねぇし、臼井なんて規格外だ！」

　不死身の臼井。

　ヒロミが臼井くんに変な通り名をつけているのがおかしくて、私は声を出して笑った。

「ふ、不死身の臼井って……」

「そんな感じするだろ？　いつも何も考えてない顔しているし、実はアンデッド？」

「やだぁ！　止めてよぉ！　しかも、別に臼井くんは何も考えてないわけじゃないよ。ヒロミが思っている以上にいろいろ考えていて、熱い人だと思う……」

　昨日の臼井くんを、ヒロミにも見せてあげたかった。

　臼井くんがあんなに感情を露わにしているのを見るのは、私も初めてだった……。

　私を守るための闘志も、怒りも、優しさも……命を懸けて戦ってくれた臼井くんのすべてを、私は一生忘れないだろう。忘れられるわけがない。

　今回の事件で、私は怖い思いをたくさんした。このまま忘れてしまいたい記憶の方が多いかもしれない。

　でも、あの時の臼井くんを忘れたくないから、たとえ記憶を失くす薬があったとしても、私はそれを飲まないだろう。

「明日は、学校に行こうかな……」

　私が呟くと、ヒロミが両眉を上げた。

「え？　まだ無理しないほうがいいんじゃないのか？」

「うーん。でも、長く休むと逆に、元の生活に戻りにくくなる気がするんだよね……」

「あぁまぁ……そういうのもあるかもしれないけど……」

「大丈夫。学校にはヒロミもいるし、臼井くんだっているし！　臼井くんが言ってくれたんだ。委員長に何かあったら、俺は何度だって委員長を助けるって。……俺が委員長を守るって」

　廊下でお姫様抱っこされながら言われた台詞をヒロミに教えてあげると、ヒロミが口をポカンと開けた。

「え？　どうしたの？　ヒロミ」

「え？　どうしたのって……それ何？　プロポーズ⁇」

「へ⁉　いや、別にそんなのじゃないでしょ⁉」

「え⁉　だって、何度だって助けるって言われたんだろ⁉」

「い、言われたけど……」

「何度だってってことは無制限じゃん！　一生涯じゃん！　プロポーズじゃん‼」

「ちょっ！　多分違うから！　そんなプロポーズプロポーズ連呼しないで‼」

「しかも、俺が守るってそれ独占欲……」

「ち、違うから！　きっと違うから‼」

ヒロミとたくさん話したら、私のお腹（なか）がぐぅと鳴って、二人で顔を見合わせて笑った。

その時ちょうどお母さんが、ドーナツと飲み物を持ってきてくれて、タイミングが良すぎるお母さんを見てまた笑った。

大きな声で笑うと、体に力が湧いてくる気がする。

笑えるなら大丈夫。私はきっと昨日のことを引（ひ）き摺（ず）らずに生きていけるだろう。

私は口いっぱいにドーナツを頬張（ほおば）って、噛（か）み締（し）めた。砂糖の甘さが広がって、あぁ幸せだな……とぼんやり感じる。

さっきまで湿っぽかった部屋に、カラリと明るい陽（ひ）の光が射（さ）してきた。

暖かな日射（ひざ）しが手に触れて、ふと昨日の臼井くんの温（ぬく）もりを思い出す。

——好き……って、何度も言いそうになった。

臼井くんに抱えられている時、想（おも）いを伝えたくて震えた。これから警察が来るというのに、そんな話している場合じゃないと思って我慢したけれど。

臼井くんの言葉を聞く度に、期待してしまう自分がいた。

そして何度も何度も、臼井くんへの愛（いと）しさを隠しきれなくなりそうだった。

好きと伝えて、臼井くんの気持ちを聞きたかった。

臼井くんが私を守りたいと思うのは、臼井くんも私と同じ気持ちだからじゃないかって、ドキドキした。

臼井くんが私を好きなんじゃないかって、そう思うのは自意識過剰なんだろうか。

――臼井くんに、会いたいな。

早く会いたい。でも、ちょっと会うのが怖い。

会ったらなんて言おうか。どうやって、想いを伝えようか。

そう思いながら、私は陽だまりに置いた手をそっと握った。


事件の翌々日。

私は家の前まで迎えに来てくれたヒロミと一緒に、学校に行った。

休んだのは昨日のたった一日なのに、運動部の生徒の汗の匂いも、廊下を歩く時のキュッという音も、何もかもが懐かしく思えてくる。

――なんか緊張しちゃうな……。クラスのみんなが事件のことどう思っているのかも分からないし。取り敢えず、いつも通りが一番よね……いつも通り……いつも通り……。

心の中で唱えながら教室のドアに近づくと、私がドアに触れるより先にドアが開いた。

ドアを開けた黒髪の男子。口元にガーゼが貼られ、左手には包帯が巻かれている。

僅かに伏せられていた眠そうな目が、私を見て大きく開いた。

教室のドアのレールを挟んで、お互いの顔を見たまま固まる。

――臼井くんだ!!

会いたいと思っていた人と真っ先に会うなんて想定していなくて、思考までフリーズしてしまった。

「ほーら、そんなとこでお見合いしてんじゃねーぞ」

呆れたようにヒロミに言われて、急に心拍数が増加した。

「おはよう……臼井くん、あの、怪我……大丈夫?」

緊張して、私の声は上擦った。

臼井くんは何度か瞬きした後、頭を掻きながら挨拶してくれた。

「お、おはよう……うん、怪我は、平気だよ……」

――ど、どうしよう……何か、何か言わなきゃ!

臼井くんにはいろいろと言いたいことがあった。

昨日からずっと、臼井くんに何を言うかばかり考えていた。なのに……いざ本人を目の前にして、何を言えばいいか分からなくなる。

すると、横にいるヒロミが肘で私を小突いてきた。

何か言えって言われてる気がするが、本当に何から話せば良いのか……。

「――あ!! 委員長!!」

その時、クラスメイトの女子が臼井くんの後ろから、私を見て叫んだ。

そうしたら、教室からワラワラとクラスメイトたちが出てきて、みんなが私を囲み出す。

「委員長！　大丈夫⁉」

「大変だったな！　委員長！」

「良かった……無事で良かった……」

——みんな……私のこと、心配してくれていたの……？

私はただの学級委員長でしかなくて、クラスメイトとは友達未満の関係だと思っていた。でも、みんなは私のことをこんなに心配してくれていた……学校に来るのを待っていてくれた……。

それが嬉しくて、ちょっと照れた。

みんなが口々に私に「大丈夫？」と聞くものだから、言葉を返す暇もなくし笑うしかない。私はみんなの言葉に耳を傾けて頷きながら、笑っていた。

「おーい。オメーら邪魔だぞゴルァ!!」

突然、私の後ろからガラの悪い声が飛んでくる。

ウチの学校で、こんなに荒っぽい声を出す人は限られている。——デンくんだ。

——ちょっと道を塞いでいたぐらいでそんな風に言うことないでしょう。

私がそう言おうとした時、デンくんが思いがけないことを言った。

「オメーらと話すより先に、委員長はアキラと話したいんだよ。ったく空気読めよ……」

「え？　いや、私は……」

ドギマギして臼井くんを見ると、臼井くんが困ったように目を泳がした。

確かに私は、臼井くんに言いたいことがたくさんある。

でも……みんなの前でっていうのはちょっと……。

その時、私の近くにいた吉田さんが言った。

「……委員長と臼井くんって、付き合ってるの？」

「へ⁉」

つぶらな瞳でじーっと私を見つめてくる。

「付き合ってるの？」と聞かれたが、「付き合ってるんだよね？」と期待を込められているようにも感じた。

「マジで⁉　じゃあ攫われた委員長を臼井くんが助けたっていうのは、そういうこと⁉」

「なるほどな！　大事な彼女を連れ去られたら、いくら臼井でも必死になるよな！」

クラスメイトたちが勝手に盛り上がり始める。

もうみんな、臼井くんと私が付き合っていると確信したようなことばかり言い出して、

「違う」と言っても聞いてくれない。

収拾がつかなくなり、私は足先から頭のてっぺんまで熱くなってきた。

思わず隣にいたヒロミに視線でSOSを出す。

するとと今までクラスメイトたちが騒いでいるのを黙って見ていたヒロミが、やれやれといった顔で頬を掻いた。

「おるぁ！　臼井、連れてけ！」

「わぁ！」

急にヒロミが私の肩を掴んで、臼井くんの方に押し出す。

臼井くんに突っ込みそうになって慌てて踏み止まるが、すぐ臼井くんに鞄を持っていないほうの手を取られて引っ張られた。

「委員長、行こう」

「あ、うん……！」

臼井くんに手を握られて、そのまま廊下を走り、クラスメイトの囲いを突破する。

さっきまで私たちがいた場所で、クラスの女子の黄色い悲鳴が上がり、男子の囃し立てる声が聞こえてきた。

冷やかされることに慣れていない私は、恥ずかしくて死にそうだ。

――あぁもうどんな顔して教室に戻ったらいいの!?　いやその前に、臼井くんはどこに行くつもりなの!?

臼井くんは何も言わないまま、私の手を握って走る。

私がついていけないほどの速さではないが、人にぶつからないように廊下を走るのはなかなかスリリングだった……。


「ごめん……いきなり。大丈夫？」

臼井くんが足を止めて、ようやく口を開いた。

「うん……大丈夫」

いつの間にか私たちは、人の気配のない特別棟の階段まで来ていた。

特別棟は元々、旧校舎の一部が残された場所。非アクティブな文化部の部室や備品倉庫など、普段一部の生徒や先生しか使わない部屋ばかり。

朝のホームルームの時間が近づいていることもあり、特別棟の階段は実に静かだった。

完全に二人きりになって、胸がそわそわする。

昨日から考えていたはずの臼井くんに会ったら言うことリストは、全部頭から抜けてしまった。頭が真っ白だ。

顔を見るのも恥ずかしくてうつむいていると、臼井くんが私の手をそっと放した。

「昨日……委員長が学校に来なくて、心配した……怪我とか、大丈夫？」

「私の怪我はもう何でもないよ……心配かけてごめんね。ただちょっと疲れちゃって……」

「いや、休んで当然だと思うよ。むしろ、今日学校に来てビックリしたぐらいだし……」

「昨日、ヒロミが家に来てくれてね、たくさん話を聞いてもらったら、元気になれたんだ」

「そっか……優しいね、荒木さんは……」

「うん……」

せっかく二人になれたのだ。大事な話をするなら絶好のチャンス……のはずなのに、頭が働かない。

早くしないと朝のホームルームの時間が来てしまう。そう気は焦るが、言葉は何も見つからない。

私は黙ったままなんとなく、鞄の取っ手を指先で弄っていた。

「……あんな姿見せちゃったし……俺のこと、嫌いになった？」

「え？」

寂しそうな声を聞いて、ハッと臼井くんの顔を見る。

臼井くんの眉が普段より僅かに下がっていて、憂いを帯びていた。

「家に帰ってから、自分がしたことを冷静に振り返ってみたんだけど……黒松もヤバかったけど、俺もヤバかったことに気づいて。委員長に怖い想いをさせてたのは俺もなんじゃないかなって、心配になってた……。もっと場所を変えるとか……なんか方法があったんじゃないかって反省してて……」

あの日は闘志の塊みたいだった臼井くんが、今は迷子になった仔犬みたいにショボンとしている……。

　そのギャップが激しすぎて、そうしようと思ったわけではないのに、笑ってしまった。

「そんな、反省なんてしなくていいのに」

「今までずっと不測の事態に備えて本を読んだり、体を鍛えたりしていたのに、いざとなったら全然ダメだった。もっとスマートに黒松を止める方法があったはずなのに……」

「いやいや充分、不測の事態に対応できてたと思うよ⁉　私は臼井くんのおかげで助かったし、臼井くんが気に病むことなんて何もないよ！」

「でも、怖かったよね……？」

「心配しないで！　臼井くんは全然怖くなかったし、私は絶対に臼井くんのことを嫌いになったりしないから！　私はどんな臼井くんだって……」

　──好きだから。

　そう言おうとして、ハッとして止まった。

　いや、ここで止まってどうする。

　もう言わなくちゃいけない。

　ずっとずっと後回しにしてきたけど、ついにこの時が来たんだ。

　伝えなきゃ……。私の気持ちを。

　私はぐっと鞄を握る手に力を込めた。

覚悟を決めると、想像していたよりもずっと心臓が静かになった。

手も足も震えない。すごく、すごく穏やかな気持ちだった。

「――私は、臼井くんのことが好きだから！」

臼井くんが目を見開いた。驚きと当惑で固まっているようだ。

「……ちょっと前から、好きだったんだけど……気づいてなかった？」

聞くと、臼井くんが「あ、うん……」と戸惑いがちに頷いた。

私は言葉を続ける。

「最初に臼井くんを意識したのは、路地裏でヒロミと一緒にいたところを助けてもらった時だった……。あの時、臼井くんが実はすごく強くて格好いいって知って、臼井くんのことばかり考えるようになった……」

ヤンキーにパシられてる気弱な男子だと思っていたのに、臼井くんはビックリするくらい喧嘩が強かった。そのギャップで、臼井くんに惹かれた。

「私がクラスメイトにウザがられて落ち込んでいた時、臼井くんが励ましてくれたよね。あれも凄く嬉しくて……それで私は、臼井くんのことが好きなんだって気づいたんだ」

野球ボールから助けてくれたのも嬉しかったけど、臼井くんが私の頑張りを認めてくれた嬉しさはそれ以上だった。

自分のことを見てくれる人がいたと気づいて、心が救われた。

「本当は、屋上に呼んだ時に、好きですって言いたかったの。でも、緊張して言えなくて……この前、一緒に休日出かけようって誘ったのは、臼井くんとデートしたかったからなんだよ」

そして臼井くんは、穴熊（あなぐま）高校のヤンキーに攫（さら）われた私を助けに来てくれた。傷だらけになって、私のために戦ってくれた。

「こんなに好きだから……どんな臼井くんを見たって、嫌いになんてなるはずない……」

まだ臼井くんと同じクラスになって二ヶ月（かげつ）。でもその間に、何度も助けてもらった。今までもトラブル続きの人生だったけど、最近のトラブルは特に重大なものが多かった。臼井くんがいてくれたから、助かった。そう思っている。

とても感謝している。

そして、どうしようもないくらい恋い焦がれてしまう。私のこれからの人生に、臼井くんがいない世界を想像できないくらいに……。

臼井くんは、しばらく黙ったまま私を見ていた。

朝のホームルームの時間を告げるチャイムが、特別棟にも鳴り響く。制限時間終了の合図だ。

返事はもういい。そろそろ教室に戻ろう……。

そう声をかけようとした時、臼井くんが私に近づき、この場に引き留（と）めるように私の手を握った。

「ごめん……聞いて」

チャイムが鳴り終わるのを待って、臼井(うすい)くんが話し出す。

「俺……昨日、委員長がいない教室でずっと考えてた。俺は……ずっと委員長を見てたんだなって」

「え？」

「二年になって同じクラスになった時から、凄(すご)い子がいるなって思って見てた。委員長はいつも先生の頼みを聞いて、クラスメイトに頼りにされてたから……」

「あ、ありがと……」

「だからさ……昨日委員長が休んで、教室に委員長の姿がなくて、委員長が同じ教室にいないことが、すごく寂しいと思った……」

自分の気持ちを伝えてくれる臼井くんは、すごく一生懸命だ。

私の手を握る手が、熱い。

「路地裏で委員長が困っているのを見た時、自分でも気づかないうちに必死になってた。この前、穴熊(あなぐま)高校のヤンキーと戦った時も……自分じゃないみたいだった」

臼井くんがゆっくりと頭を倒し、私の肩に額を置くようにもたれ掛かってきた。

私の首筋に、サラッとした臼井くんの髪がかかる。

「委員長に何かあると……俺は俺じゃいられなくなる。いつもみんなに何考えてるか分からないって言われるのに。俺だって、表情も感情も人より薄いのが分かってるのに。委員長を想うと、自分で抑えきれないくらい激しい感情に揺さぶられるんだ……」

私の肩口で、臼井くんが囁く。

小さいけれど芯のある言葉が、私の心に沁みこんでいく。

「あの日、委員長を助け出した時から、ずっと言いたかった。俺も……委員長が好きだよ……」

――心が震えた。

全部抱きしめて包み込んでしまいたくなった。

自分のすべてを使って、心の中に溢れる気持ちをあますところなく伝えたい。

愛おしさが私の一番奥からこみ上げてきて、堪らず臼井くんの頭を両腕で抱きしめる。

「臼井くん……大好き」

しばらく、ぎゅううっと、気持ちが収まるまで臼井くんを抱きしめていた。

でも、抱きしめられた臼井くんが固まっていることに気づいて、慌てて腕を放した。

「ご、ごめん……臼井くん、大丈夫？　苦しかった？」

急に不安になって顔を覗き込もうとすると、臼井くんがバッと身を引いた。

ビックリするほど大袈裟な反応に驚いたが、臼井くんの顔を見て、頭にあった何もかも

が吹き飛んだ。

――臼井くんは赤く染まった顔を私に見せないように、両腕で顔を隠そうとしていた……。

「ごめん……ちょっと、見ないで……」

見ないでと言われているのに目が離せない。

恥ずかしがっている臼井くんが可愛い。

もっと見たい。

あえて覗きこもうとすると、臼井くんが顔を背けた。

――見れば見るほど赤くなって隠れようとするの、可愛すぎるんだけど臼井くん!!

さっきの告白で私のハートをキュンキュンに締め付けてくれたというのに、これ以上私をどうするつもりなのか。

臼井くんのいろんな表情を見る度に、好きって想いが溢れる。

すると、一向に見るのを止めようとしない私に、臼井くんが必死な様子で「そう言えば！」と言いながら何かを出してきた。

私の視線が臼井くんの顔から手元に移る。……遊園地のチケットのようだ。

「三バカトリオから、あの事件のお詫びにもらったんだけど……今度……よかったら一緒に行かない？」

「え!? 行く! 絶対に行く! 今度の日曜日の出掛ける予定、ここに変更したい!」

「うん……なら、予定、立てようか」

「うん!」

二枚のチケットを持って、私は感動していた。

――これは、初デートだよね!?

これからのことを考えて胸が躍る。

三バカトリオは、最初から私と臼井くん二人で行くようにチケットをくれたんだろうか。

なんて気が利くヤンキー三人組……と思ったが、私と臼井くんの気持ちを一番よく分かっているのが三バカトリオというのはどうなのか。ちょっと微妙な気持ちになった。

その時――私を現実に引き戻すように、チャイムが鳴る。

――しまった。これは一時間目の授業開始のチャイムだ。

「一時間目始まっちゃったね……どうする? サボる?」

顔の赤みが少し引いた臼井くんが、ひょこっと私の顔を覗き込んできた。

「学級委員長の私がサボるはずないでしょ? ほら! 教室に戻ろう!」

今度は私から、臼井くんの手を握って走り出す。

二人で廊下を走るバタバタとした足音が、既に授業の始まっている校舎に響いた。

二年Ｂ組。

通いなれた教室のドアを開けると、私は潔く叫んだ。

「すみません！　遅刻しました！」

黒板に向かっていた矢口先生と、クラスメイトたちが一斉に振り向く。

「ナニをしてたら遅れたんですかねぇ？」

先生が理由を聞くより先に、デンくんがニヤニヤしながら言った。

言葉に含められた怪しい響きに、クラスメイトたちがクスクスと笑い出す。

「な……何もしてませんけど⁉」

半ギレ状態で自分の席を目指す。

みんなの視線を集めていて、恥ずかしくて死にそうだ。

対して臼井くんは、既に表情を『無』にしている。さっきまでの可愛い表情は何処へやら……。こんなにあっさり通常運行に戻れるなんて、ちょっと便利で羨ましいとまで思ってしまった。

ようやく自分の席に着く。

鞄を机に置いて、テキパキと教科書やノート、筆記用具を準備する。背筋を伸ばして教科書を構える。

そして授業を中断していた先生に、凛(りん)とした態度で声をかけた。

「先生、お騒がせしました。授業を再開してください」


眠くなるくらい淡々とした授業。

先生の目を盗んで漫画を読むクラスメイト。

校庭から聞こえるホイッスルの音。

窓の外を眺めている眠そうな目をした臼井(うすい)くん……。

時に退屈だけど、平和で愛(いと)しい普段通りの世界に戻ってこられたことにホッとした。

……でも、事件の前と後とで一つだけ変わったことがある。

――もう私は、大好きな人に大好きって言えるんだ。

日曜日は初デート。臼井くんと一緒に遊園地に行ったら、どんな楽しいことが待っているんだろう。

普段は大人しくて目立たないけれど、実はすごく強くて格好(かっこ)いい彼氏とのデートを想像して、私の胸にワクワクした気持ちが戻ってきていた。

あとがき

授業中、教室に突然、武装集団が乗り込んできて、クラスメイトを人質に取られたら……。体育館で全校集会中に、突然モンスターが襲いかかってきたら……。

時間があるとついついやってしまう、中二病と言われる想像。本作の臼井くんも、そんな想像をしちゃうタイプです。臼井くんの場合、そんな想像をして不安になって、実際に武装集団と戦える方法を調べて体を鍛えちゃったようですが。

中二病は恥ずかしいと言う人もいますが、私は全然そう思いません。中二病的思考は生活に必要な脳内活動の一つだと思っています。何かあった時にどうやって対処するか。そのためにどんな備えをするか。そんな想像を働かせることは、社会に出て仕事をする時にも役に立ちます。それが、万に一も現実に起こらないような想像でもいいんです。だってもしかしたら……本当にもしかしたら……現実に起きるかもしれないじゃないですか。

皆さんも是非、これからも大いに想像して生きてください。

私は普段、ＹｏｕＴｕｂｅで公開される漫画動画のシナリオを書いております。毎日、ここではないどこかの世界で起きている物語を紡ぐのが生業です。現実世界のことを考えているより、想像の世界を漂っていることが多いので、私はいつになっても中二病です。胸を張って生きます。

本作は、ＹｏｕＴｕｂｅチャンネル漫画エンジェルネコオカで二〇二〇年四月に、シリーズ第一話となる動画が公開されました。一話公開後、多くの反響を頂き、また動画の作画を担当された六井調（ろくいしらべ）先生に続きを熱望されて、二話以降の制作に繋（つな）がりました。当時はこんなに長く続き、小説版も出せるとは思っていませんでしたので、夢のようです。

　パシられ陰キャシリーズがこのようにたくさんの人に楽しまれる作品になったのは、動画制作関係者の皆様、そして六井調先生のおかげです。私がどれほど六井調先生の絵が大好きか語りたいのですが、スペースが足りないのでここでは二言だけ……いつもありがとうございます。一生推（お）します。

　担当編集様、漫画エンジェルネコオカの運営の皆様、大変お世話になりました。

　チャンネルクリエイターの皆様、いつも応援ありがとうございます。

　小説版のイラストを担当してくださった、ふーみ先生。私の推しカップルの尊さを最大限に引き出す、素晴らしいイラストの数々をありがとうございます。

　そしてこの本を手に取ってくださったあなたへ……ありがとうございます。委員長と臼井くんカップルが今後どうなっていくか、今後とも応援してくださると嬉（うれ）しいです。

原作漫画動画【漫画エンジェルネコオカ】『パシられ陰キャが実は最強だった件』シリーズ

YouTubeにて 大好評公開中!!!!!

え…?
ギュ
ガッ
!!
ご近所のプロボクサーに筋がいいと褒められた俺の右ストレートが…
あっさり…!!
アンタがグーで俺はパーだから…
俺の勝ちだね
いででで
…本当に
ありがとう…
うん…
大好き…っ
アキラくん
シ シズカ…?
ぎゅっ…
…委員長が誰かを助けたいと思ったら
俺も協力するからさ…
だから…
一人で危ないところに飛び込んでいかないで
俺だって…
…シズカが心配だから
うん…
心配かけてごめんね…
現在もゾクゾク更新中!
要チェック!

MF文庫J

パシられ陰キャが実は最強だった件

2022年 1月 25日 初版発行

著者　マリパラ

発行者　青柳昌行

発行　株式会社 KADOKAWA
〒102-8177 東京都千代田区富士見 2-13-3
0570-002-301（ナビダイヤル）

印刷　株式会社広済堂ネクスト

製本　株式会社広済堂ネクスト

Printed in Japan　ISBN 978-4-04-681063-2 C0193

◇◇◇

【 ファンレター、作品のご感想をお待ちしています 】
〒102-0071 東京都千代田区富士見2-13-12
株式会社KADOKAWA　MF文庫J編集部気付「マリパラ先生」係　「ふーみ先生」係　「六井調先生」係